U0696807

谨以此书，

献给我的父亲贾玉其先生

Treasures for Scholars Worldwide

清漳采杏初集

木铎堂藏科举文物谭

贾江溶 著

广西师范大学出版社
GUANGXI NORMAL UNIVERSITY PRESS
·桂林·

QINGZHANG CAIXING CHUJI: MUDUOTANG CANG KEJU WENWUTAN

项目统筹：鲁朝阳
策划编辑：鲁朝阳　黄婷婷
责任编辑：黄婷婷
责任校对：徐良妍　尚玉清

图书在版编目（CIP）数据

清漳采杏初集：木铎堂藏科举文物谭 / 贾江溶著. —桂林：广西师范大学出版社，2021.6
ISBN 978-7-5598-3770-7

Ⅰ. ①清… Ⅱ. ①贾… Ⅲ. ①杂文集－中国－当代 Ⅳ. ①I267.1

中国版本图书馆 CIP 数据核字（2021）第 075773 号

广西师范大学出版社出版发行
（广西桂林市五里店路 9 号　邮政编码：541004
网址：http://www.bbtpress.com）
出版人：黄轩庄
全国新华书店经销
广西广大印务有限责任公司印刷
（桂林市临桂区秧塘工业园西城大道北侧广西师范大学出版社集团有限公司创意产业园内　邮政编码：541199）
开本：787 mm × 1 092 mm　1/32
印张：8　　字数：135 千字
2021 年 6 月第 1 版　　2021 年 6 月第 1 次印刷
定价：68.00 元

自　序

中国的科举制度自隋代大业元年（605）始至1905年正式废止，沿用了1300年，是世界上最古老、最具生命力的考试制度。作为一项抡材考试制度而赓续千年，这在世界范围内是绝无仅有的，也正因如此，它吸引了中外众多的探秘者。明末来华的耶稣会士利玛窦（Matteo Ricci）在详细考察中国的科举制度后认为科举制度中的“秀才”“举人”“进士”三种科名类似于欧洲大学的“学士”“硕士”和“博士”学位，并将中国古老而神秘的“学位考试”介绍到了欧洲。1613年来华的葡萄牙人曾德昭（Alvaro Semedo）同样醉心于中国科举考试的研究，在其所著《大中国志》中设有专章，对科举考试各阶段的报名、应试、场规、阅卷、录取等环节进行了较为细致的解读。这位在华生活数十年的耶稣会士显然对乡试贡院进行过实地考察：“当官员会集时，学士们（在大省和学府为数超过7000）便在早晨九时入场，遵守秩序，毫无倾轧……进场时，先搜查他们是否夹带东西，那怕从某人身上搜出一片纸，也立刻把他驱逐。为减少搜查遇到的麻烦，他们都得披头散发，光腿，穿麻绳鞋，穿的衣服没有里子，也没有折叠，脖子上挂着墨盒和毛笔。”

然而，囿于清末新学人士对科举制度的否定评价，现今的人们对于科举制度多持有偏见，科举制度也长期背负了“腐朽”“落后”的恶名。而事实果真如此么？清末同文馆的总教习美国传教士丁韪良（William Martin）对中国的科举制度持有不同的观点，据其所著《汉学菁华》第十七章《科举考试》所载，“美国政府组织因考虑引入一个竞争性考试制度而提出的改革方案对其他国家的经验做了及时的调查。英国、法国、普鲁士都已经在公共服务部门的某些分支中实行了竞争性考试制度……但是在这些国家中，这种实验最近刚刚开始，而且适用范围也很有限。假如我们想要了解这一机制在大规模和长期条件下运行的状态，我们就得把目光投向更遥远的东方，以便我们能全面了解其优点和缺点”。在丁韪良看来，中国的科举考试制度将对美国的政府管理机构带来有益的影响。

1921年7月，孙中山先生在题为“五权宪法”的演讲中也提出："现在各国的考试制度，差不多都是学英国的。穷流溯源，英国的考试制度，原来是还从我们中国学过去的。所以中国的考试制度，就是世界中最古最好的制度。"事实上，科举制度中的"公平""公正""择优录取"等核心价值正是科举制度经久不衰的密钥，在维系古代社会稳定和促进社会纵向流动方面发挥了重要作用，而科举考试也早已超越了其制度本身，对中国乃至世界的政治、经济、文化和社会造成了深远的影响。

或许，我们还未曾真正了解科举。《儒林外史》中的范进中举后为何发疯？鲁迅先生笔下的"孔乙己"的名字有何含义？"光耀门楣"在科举中的表现又有哪些？或者说科举社会的原生态是怎样的面貌？科举制度对我们现今的教育有怎样的影响？又能给我们提供哪些借鉴？

目前，我国的科举学研究因在科举实物史料挖掘整理和保护利用方面存在较大的不足，故尚停留在"科举制度史"的研究范畴，目前的科举制度研究却并不能在最大程度上还原科举史的原貌。更甚者，一些低劣的科举文献伪造品常常进入科举学研究者的研究视野，一些地方文博馆的"猎奇"新闻也常见诸报刊。这些现象的背后正透露出科举学研究与科举实物文献收藏长期割裂的问题。更为严峻的是，我国至今尚未建成一座“国”字头的科举博物馆，大量散在民间的珍贵科举文物得不到有效保护，随时面临着散佚的风险。

2006年的一次偶然机遇，开启了我长达15年的科举实物文献收藏和研究，我现已藏有数千种各级各类科举实物文献，内容基本涵盖了科举考试各个环节，具有多样性、系统性特点。其中既有报名投考、点名、应试、阅卷、放榜等相关实物，如私塾课本、塾师聘书、童试试题、试卷、准考证、四川学政的规银册、悬挂于贡院外的考场告示、乡试题目和试卷等等，又有考生“算命签”、科举闱彩、贡院号舍的设计图纸等科举衍生文献。另外，我还藏有极为罕见的武科举各环节的实物，如武童试内场试卷、武科举外场成绩册、兵部发武会试公文，等等。2020年4月，由我编著的《贾江溶藏稀见清代科举史料汇编》（影印本，全20册）在广西师范大学出版社正式出版，作为中国第一部科举实物专题史料丛书，在一定程度上，实现了将科举实物收藏与科举学研究相结合的设想。

这次再将撰写的稿件集结成书，目的在于分享科举实物文献收藏的经历、经验和方法，同时以对科举实物的解读为切口，呈现具有趣味性的科举史。本书共收录30篇文章，在编排上为了突出各部分的特点，同时保持叙事的连贯性，我特意选取了科举考试中的专有名词作为各部分的篇名，设计为发蒙、肄业、进学、异闻和金榜五个部分。其中“发蒙篇”主要介绍木铎堂科举实物文献收藏的缘起、经历、经验和观点；“肄业篇”收录木铎堂科举实物文献收藏的故事；“进学篇”则从科举制度研究的视角对科举各阶段程序作简要介绍；“异闻篇”通过对与科举相关的奇闻异事的叙述，展现鲜为人知的科举生态；“金榜篇”则有意从别样的视角解读大众熟知的历史名人。

本书是我书写“实物中的科举”的一次尝试，也是对木铎堂科举实物收藏的阶段性总结，或许能够在科举文物的收藏、科举学的研究以及科举文化的大众普及方面发挥些许功效。在本书即将付梓之际，感谢广西师范大学出版社鲁朝阳兄及黄婷婷女士的大力支持和帮助；感谢恩师翟海魂教授对我的教诲和对我学术研究的引领，使我对这些教育瑰宝有了全新的认识和解读；也感恩家人多年来默默的支持和陪伴，给予我勇气和信念继续前行。

相信不久的将来，科举实物的收藏、保护和研究事业将呈现更加广阔的前景。

贾江溶记于木铎堂

2020 年 11 月 10 日

目　录

异闻篇

金榜篇

发蒙篇

缘　起

“收藏”对于我来说，像是与生俱来的。我在读小学的时候就养成了收藏的爱好，小学四年级拿着纸币去商店兑换即将退出流通的一、二、五分硬币的场景至今历历在目。当然，我与教育文献结缘，还得益于我父亲。他是一名中学英文教师，从业 38 年之久，有趣的是，我也真的做过父亲的学生。在父亲的影响下，我渐渐地对教师的形象有了清晰的认识，也走上了师范教育的道路。在 2006 年之前，我的收藏是没有主题的，从儿时的画片、玻璃球、贴画、邮票，到中学时期的连环画、邮票、钱币、线装书，凡所喜爱者皆收入囊中，并保留至今。这一时期的收藏，更多体现的是怀旧和喜好。而 2006 年的一次收藏经历，成为了影响我一生的转折点。

我的老家邯郸，是战国时期的赵国都城，位于晋冀鲁豫四省交界之处。因其特殊的地理位置，每逢周六、周日，来自各地的古玩商贩都会齐聚邯郸，相比全国其他地方，邯郸的古玩市场较为活跃，是收藏爱好者的“乐园”。起初邯郸的古玩市场有中华大街的古玩街、乾政古玩市场（位于明珠广场附近）、冀南古玩市场等，其中坐落在中华大街联盟路北头的冀南古玩市场是当时邯郸最大的古玩市场。2006 年，我在邯郸学院求学，养成了每周末骑行游逛邯郸市古玩市场的习惯。邯郸学院位于邯郸市的东南角，为了淘到心仪的宝贝，我常常要骑行跨越整个邯郸市。2006 年的一个周六，在游逛邯郸市冀南古玩市场的一个店铺时，几大箱摆在地上的古籍引起了我的注意。当时在邯郸市，古籍属于冷门，鲜有人去关注。正因如此，老板任由我翻阅。我在翻阅的过程中，偶然发现了 7 册夹杂在古籍中间的红格手写试卷，其卷面左上角有“清漳书院”字样，仔细翻来，数份试卷字体娟秀，且均带有考生的姓名和名次。我瞬间被这些“尤物”所吸引，按捺住激动的心情和书店的老板商谈价格。因当时我的学生气十足，所以老板对我发现的“宝贝”并不在意，我很容易地即以 150 元的价格将 7 份试卷全部谈妥。可正当我要付钱时，却发现兜里的钞票不翼而飞，大概是在骑行的过程中丢了。我与老板商定，马上再去取钱，1 个小时内即回来付款，老板很爽快地同意了。于是，我从邯郸市的东北角一路飞奔，骑行到市中心取了几百元现金，便立刻往回赶。一回到老板的店中，我即把商定好的钱付给他。然而，令我想不到的是，这位“热心的老板”趁我外出取钱之机，将其中一份“杨申之”的抽了出来，7份试卷变为了6份。我心里很是不痛快，但并没有立刻向其挑明，而是略带委婉地向老板问道：“老板，我们刚才约定的共有7份，好像少了一份，这样吧，我也是很诚心买你的东西，我愿意再加100，你把那份也给我吧。”老板的面子有点挂不住，便同意了我的要求。就这样，一路曲折再加上多付了100元钱，我总算将7份试卷全部收入囊中。

我揣着这些试卷，一口气骑回了学校，坐在电脑前做进一步的考证工作。经过一番研究，我发现原来此“清漳书院”是由肥乡县知县饶昌绪于清乾隆十年（1745）所创，现位于邯郸市肥乡区。

“书院”一名起于唐代，本为修书之所。陈东原先生在其所著《中国教育史》中有言：“古代书籍，既须用竹简布帛或赖纸钞，均不免有缺脱讹误，故校书之事，甚是重要。……既须校书，必赖藏书。故汉有东观、兰台、石室、仁寿阁，隋有嘉则殿，至唐则称为书院，有丽正、集贤诸

清漳书院杨中之试卷（1）

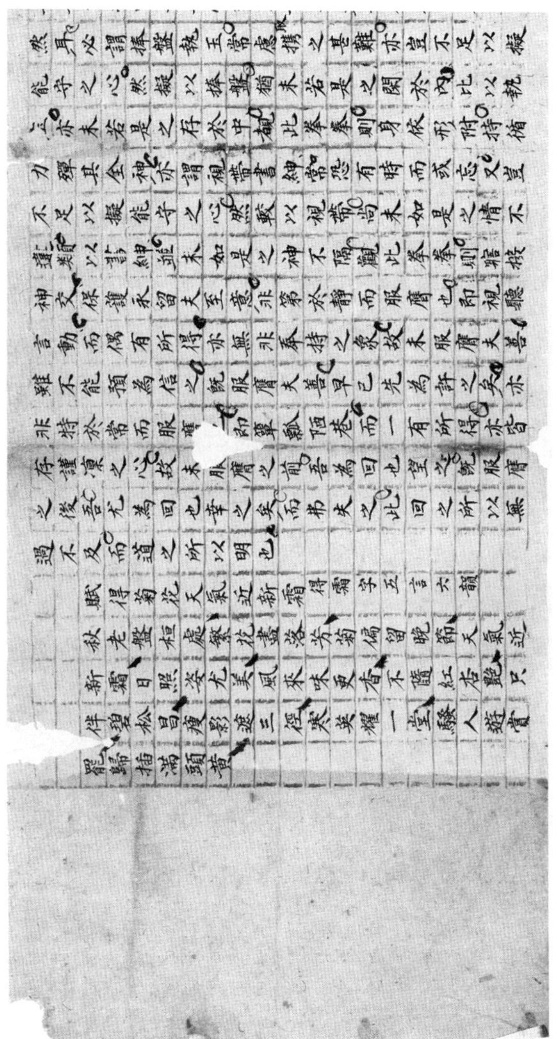

清漳书院杨中之试卷（2）

书院。其地均藏书而兼校书之用。”因此，最初的书院为官办藏书、校书之所。唐玄宗曾命左散骑常侍、昭文馆学士马怀素为修图书使，置丽正书院于丽正殿，从事藏书、修书之事。五代以后，印板书发明，藏书之事不必专赖官家，书院即脱离官办属性，走向民间。其后，书院又经历了从藏书、修书之所到读书、教书之地的演变过程。

同时，古代的学术机构经历了官学—私学—官私混合的发展阶段。最初隋代设国子学、太学之时，学校专指官学，是独有的学术机构。隋代大业元年科举之制初创，即设学校，立国子寺，国子寺又下设国子、太学、四门、书、算五学，各置博士、助教等学官。唐末以后，天下大乱。五代时期，更是兵乱四起，学校废弛，士子失去读书之所，因而转向民间聚会。私人学馆开设，聚众教授，聚众之所均以“书院”为名，因而书院即逐渐由藏书、校书之地演变为置学、教授之所。宋初时天下初定，书院开始与“学校”并立，成为当时社会主要的学术机构。宋元时期，书院所研修者，以理学为正宗。此间，书院的发展之路并不平坦，曾几度废弛，而后随着明代科举制度日渐昌盛，书院逐渐成为为科举考试服务的工具，演变为士子攻读和温习四书五经等科考内容的练习场，脱离了自由学术之名。

科举制度在 1905 年正式废除，各级各类书院即全部改为学堂，“书院”之名从此正式退出了历史舞台。

我所得的 7 份试卷即清乾隆时清漳书院考课试卷的实物。试卷每件全长约 70cm，高 23cm，呈折状。封面左上方为“清漳书院”印，书院名字四周有蓝色边框。封面的右上方为考生的名次，正下方则为考生的姓名。试卷的内页整洁利落，每 7 行为 1 折，每行 20 字格。正文以馆阁体抬头低两格书写，有山长的点句批校，其中评语另附于封皮后的扉页，字迹隽永洒脱。考生的名次分别为“超等”“特等”“次等”不一。在一份杨申之次取第十七名的试卷中，评语云：“一讲生疏，其余平顺而少刻划。”考生可根据山长的批语进行针对性练习，以期进一步提高。

此数份清漳书院试卷，形象地还原了古代书院的考课制度，具有很高的文献价值。更重要的是，正是这些清漳书院考课试卷的发现，激起了我对古代书院的研究兴趣，并以此为基点，转向了对科举、清末新学和民国教育的研究。幸甚！幸甚！

木　铎

我在河北省武安市长大，父亲是当地中学的一名英文教师，其 19 岁从教，执业长达 38 年之久。据我的母亲回忆，我的父亲年轻时学习刻苦努力，是当时武安市仅有的两名考入师范大专的学生之一。在我的印象中，父亲严格又不失宽仁，对学生尤其耐心、负责。我上大二时，父亲突患脑血栓，那时他正在教室讲课，忽觉口齿不听使唤，说不出话来。但他第一个想到的还是学生，他拿起粉笔在黑板上写字，告知同学们自己的情况并安排学生自习后，才离开前往办公室请求同事的救援。当我赶到医院后，看到瘦黄的父亲躺在病床上，瞬间泪如雨下，既埋怨他没有第一时间联系救治，又对父亲的做法感到由衷的敬佩。那一刻，我才真正理解“教师”这一词的真正含义。所幸的是，这一次的脑血栓并没有给他留下后遗症，他很快康复，继续耕耘讲台。然而，父亲长期熬夜备课、修改教案和批改试卷，身体严重透支，于 2013 年脑血栓复发并发胃癌去世。

父亲去世后，我的头脑中常常浮现他慈爱的教师形象。之后的数年，我常不计成本地大量收购清代和民国时期的教育文献，想通过收藏、研究和保护“教育碎片”，为中国教育史的研究做些贡献，以继承父亲的遗志。因此，自 2013 年之后，我的藏品数量成倍地增长，但同时也耗费了我巨大的精力、财力，我甚至常常通过借贷以抢救濒临散佚的教育文献。印象中较深的一次，一位天津的书友发来一份 1929 年罗家伦亲笔签发的“国立清华大学”毕业证，要价 7 万之昂。经查，1929 年罗家伦签发的证书为 1925 年清华学校招收的第一批大学部学生的，而 1928 年清华学校由留美预备学校正式升格为大学，次年清华大学招收的第一届 80 余名 1925 级大学部学生毕业，其毕业证留存至今者仅此一份而已。卖家表示，如果我不要，再发给别人看。我当即同意以 7 万元的价格买下此证书，并预付了 1 万元的定金，而这是我当时手头仅有的一笔流动资金。随后几经筹借，总算是把余款凑足了，为此，我省吃俭用了很长时间。后来清华大学档案馆的一位负责人联系我，称清华大学至今尚未有罗家伦签发的毕业证书，对我手中所藏此证书，连声赞叹，并邀请我参加清华大学校史文物在台湾的巡展。

罗家伦作为国立清华大学的首任校长，任职仅两年多，因为强力推行国民党的党化教育，引起全校多数师生的不满，而被迫辞职。其后，罗家伦又任职于南京的国立中央大学，并主持校务十余年之久，将国立中央大学办成了曾经的“亚洲第一高校”。

随着我的教育文献收藏系列渐成规模，我又将寒舍命名为“木铎堂”。木铎原为木舌铜质的铃铛，古代各地宣布政教法令时，使人持木铎巡行振鸣，以引起众人注意。后又泛指宣扬教化之意。《论语·八佾》云：“天下之无道也久矣，天将以夫子为木铎。”古代的学宫均设有木铎生，其主要负责宣讲圣谕广训等纲条，以教化士民。木铎生的选拔也相当严格，须由本地廪生、增生、附生保举，粗通文理，人品端方，还要声音洪亮。经学官考验通过后，发给顶戴和木铎生执照。每逢朔（初一）、望（十五）及逢三、八日期（如初八、十八、二十八）于明伦堂进行宣讲。

清代木铎生宣讲的内容，沿用的是康熙九年（1670）颁行于各官学的《圣谕十六条》，内容涉及民风、士习、社会关系、交粮纳税等多个方面，在一份木铎堂所藏《嘉庆二十三年福建古田县圣谕广训告示》中，对木铎生宣教的内容有详细的刊载，其文如下：

敦孝弟以重人伦，笃宗族以昭雍睦。和乡党以息争讼，重农桑以足衣食。尚节俭以惜财用，隆学校以端士习。黜异端以崇正学，讲法律以儆愚顽。明礼让以厚风俗，务本业以定民志。训子弟以禁非为，息诬告以全善良。诫匿逃以免株连，完钱粮以省催科。联保甲以弭盗贼，解仇忿以重身命。

这张告示长宽为95cm×47cm，白棉纸质，抬头为“圣谕广训”四字，下方为《圣谕十六条》的内容，盖古田县知县印及嘉庆戊寅年（二十三年，1818）印记等三方，文字及印章四周由双龙戏珠纹饰环绕，颇显大气威严。告示的左边有收执人的姓名，写有“三十都四堡一甲民户王亮斋遵奉”字样，为庆字第一号告示。告示的底部为古田县知县对此告示的说明及对乡民的“学习要求”，其中提到：“圣谕简化易晓，实为治化之经。本县每逢朔望必集士民于明伦堂细加宣讲，附近者可得闻知，如其四乡远僻士民招不能致、有不能家至而日见之者，今以纲目十六条敬誊付梓印刷多张，挨照保甲各给一张，不论茅房草舍均可高供中堂，奉为崇正辟邪之宝，使比户周知互相讲习，向化淳良共乐升平之盛，其庶乎推广皇仁广训无遗之至意云尔。”除此之外，告示中还盖有“指日高升”“国恩家庆”等吉祥语，此举目的是迎合士民的心理需求，提高告示的使用率。

与木铎相关的藏品，我在数年中着重搜寻了很多，其中一件由云南永昌府颁发的木铎告示尤为有趣。此告示长宽为 110cm×50cm，属于张贴使用的告示，以昭示民众。全文由永昌府正堂手写，正文部分尾部按照官府文书的格式有府正堂朱笔圈批和签印，日期中的具体天数也由朱笔书写以示提醒，另盖有府正堂官防印信。此告示为道光七年（1827）二月贴出，内容如下：

出示严禁事，照得木铎之设，原以专司化导，敬将训书沿村沿街随时宣讲，教化愚民。本府访闻该练竟有一等衿耆每逢木铎讲约之期，务须索供酒食，使木铎艰以备办，畏于随时宣讲，以致教化多疏。查此等陋俗久经严禁在案，除谕饬木铎外，合行出示晓谕，为此示仰该练绅士衿耆人等知悉。示后每逢讲约之期，只须各整衣冠，随同宣化，毋许索供酒食，派累地方，滋扰木铎。凛遵毋违，特示。

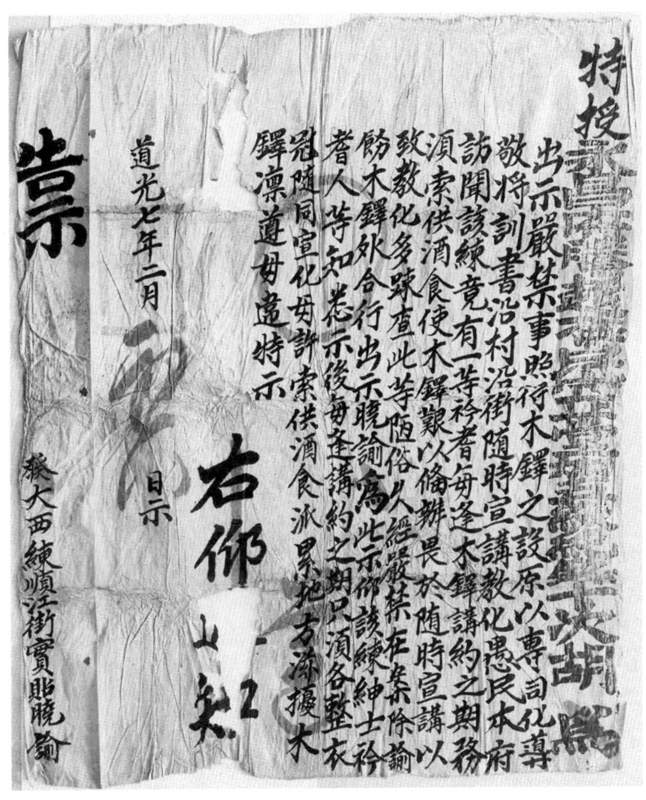
特授

出示嚴禁事照得木鐸之設原以專司化導
敬將訓書沿村沿街隨時宣講教化愚民本府
訪聞該練竟有一等衿耆每逢木鐸講約之期務
須索供酒食使木鐸艱以備辦畏於隨時宣講以
致教化多疎查此等隨俗人經嚴禁在案除諭
飭木鐸外合行出示曉諭爲此示仰該練紳士衿
耆人等知悉示後每逢講約之期只須各整衣
冠隨同宣化毋許索供酒食派累地方滋擾木
鐸凛遵毋違特示

右仰

道光七年二月　日示

告示

發大西練順江街實貼曉諭

清云南永昌府颁发的木铎告示

由此告示内容可知，木铎生在各处的地位并不高，因其为推荐保举而来，属于官府聘请的宣教工，不具有科名，所以常受“衿耆”（六十岁以上有名望的士绅）的冷眼和排挤。此告示中，永昌府正堂针对木铎生在沿途宣讲的过程中，被“老资格”欺负、索要酒食的陋俗提出了警示，“示后每逢讲约之期，只须各整衣冠，随同宣化，毋许索供酒食”，为木铎生的宣讲工作提供便利。木铎生虽然社会地位不高，但是可以免服徭役，享有一定的工资伙食，属于相对稳定的“铁饭碗”，工作出色的木铎生，官府还会以九品顶戴的虚衔予以奖励。

木铎堂所取“木铎”虽不等同于古时宣扬教化之意，但木铎堂所藏系列教育文献本身即蕴含着丰富的教育价值，挖掘、保护和传承其中的教育内涵，对于弘扬中华优秀传统文化具有非凡的意义。我在河北医科大学任职期间，曾多次在校史馆举办“科举文物展”“教育珍品展”，并先后在河北师范大学、陕西师范大学等地开办讲座，通过追寻先贤的足迹，留住他们的灵魂。如此，足矣！

科举试卷辨伪

在我看来，所有种类的收藏品中，纸质文献是最难造假的。换句话说，纸质文献，尤其是专题纸质文献的造假，对造假者的相关专题学术功底、“选材”标准、制造工艺等方面要求极高，稍有不慎即会露出马脚，导致此类“产品”的滞销。然而，任何事物都有两面性，此类造假产品既然对造假者的要求颇为苛刻，也同样会对一些买家带来不少的麻烦，甚至不少专题研究领域的学者，带着“猎奇”的心理竞相买入此类“产品”，欣喜地以为觅得了难得一见的珍宝。

一般而言，纸质文献的造假多出现在具有一定“热度”的文献领域，其中的道理很简单，因为有“热度”的文献代表了市场，代表了价格，简而言之，市场的需求决定了造假文献的种类。以收藏市场中纸质文献的价格而论，目前颇为火热的专题包括盐、茶、股票、大学证书、科举文献等等，还有一些中国历史上存在时间很短的特殊政权的特殊年份文书，如太平天国文书、吴三桂政权下的周元年文书，但此类文书留存下来的极少，属于有价无市之列。

就科举文献而论，最早出现造假、被造假最多的就是科举试卷。其中，又以书院试卷、乡试卷为重灾区。根据科举造假试卷呈现的诸多特点，可以从以下几个方面对其真伪进行辨别。

一、看纸张。科举制度自 1905 年正式废除，距今已逾百年，而留存百年以上的科举试卷，其纸张颜色多泛黄发旧，且常有自然折痕。南方的试卷又多有霉点、虫蛀。为了使试卷看上去有年代感，制假者也会使用一些特殊的手法对纸张“做旧”。早期试卷的做旧，使用“酱油法”，即将纸张埋在小米中一段时间，使之“泛黄”，然后在试卷的封面及内页浸染酱油，其浸染的颜色由试卷的边缘开始由浅入深，深色部分呈现不规则“动态”状。这样的试卷虽然猛看上去颇有年代感，但是与真正的百年试卷相比，在色彩的均匀和色泽的稳定上还是有很大区别。随着人们对“酱油法”的逐步了解，这样的劣质制假手段逐步退出了市场，被“以旧制旧”的方法取而代之。“以旧制旧”是指在选材中，将具有年代的老纸进行再加工，这样的纸张有年代感，

伪科举试卷（1）

且很多纸张本身即存在旧褶、霉斑等，容易蒙混过关。更有“追求完美”的造假者，故意将加工好的试卷成品放在蛀虫堆中，使试卷呈现虫蛀惨状以增加试卷的既视感。

二、看印章。古代的科举试卷一般在墨色、规制、印章使用等方面都有严格的规定。试卷印章集中体现在试卷封面，例如，书院试卷的封面一般有“某某书院”的院名印、考生的名次印戳、表明考生身份的印戳（一般为“生”或“童”字样）、书院的官印，此外，一些考课严格的书院在试卷的封面会盖有考试日期印，考场座位印，考生住址、三代、年貌等身份信息的制式印戳。除了试卷的封面，试卷的内页也常有印章出现，其中，在书院试卷的内页及评语处，皆以书院山长的闲印盖之，而乡试卷的内页则采用布政司的骑缝官印。造假试卷的印戳使用漏洞一般体现在以下几个方面：第一，印章的印色不正，较显突兀，缺少百年以上的朱砂印墨浸入纸张的那种年代感。第二，“张冠李戴”式的错误。由于专业知识的局限性，造假者伪造试卷的用印常出现“张冠李戴”的错误，例如，在一份盖有“山东乡试卷”蓝印的试卷封面中，却刻了一枚地方的县印盖了上去，造假者根本没有意识到乡试已不属于县的管辖范畴，应该用省级的布政司印。第三，臆造印。此类印章多出现在造假的乡试或会试卷中，其中使用最频繁的一种，即名为“万寿恩科”的蓝色印。其实，这种臆造印之所以使用在很大程度上是由于造假者的认知不足，臆想越是大名头、特殊的印章越容易“唬住”买家，有趣的是，我确实见过几次国内研究科举的知名学者上当，以“猎奇”的心理买下了数份这样盖有“万寿恩科”的伪造卷。不过，印有这种“大名头”印章的伪造卷最初的销量较好，后期则无人问津。第四，批量生产所导致的硬伤。为了节约伪造试卷的成本，达到量化生产的目的，伪造者一般很少关注试卷的细节，甚至连考生姓名也以刻印的印章代替，而在科举制度当中，考生的姓名是不允许以印戳代替的。

伪科举试卷（2）——造假印章

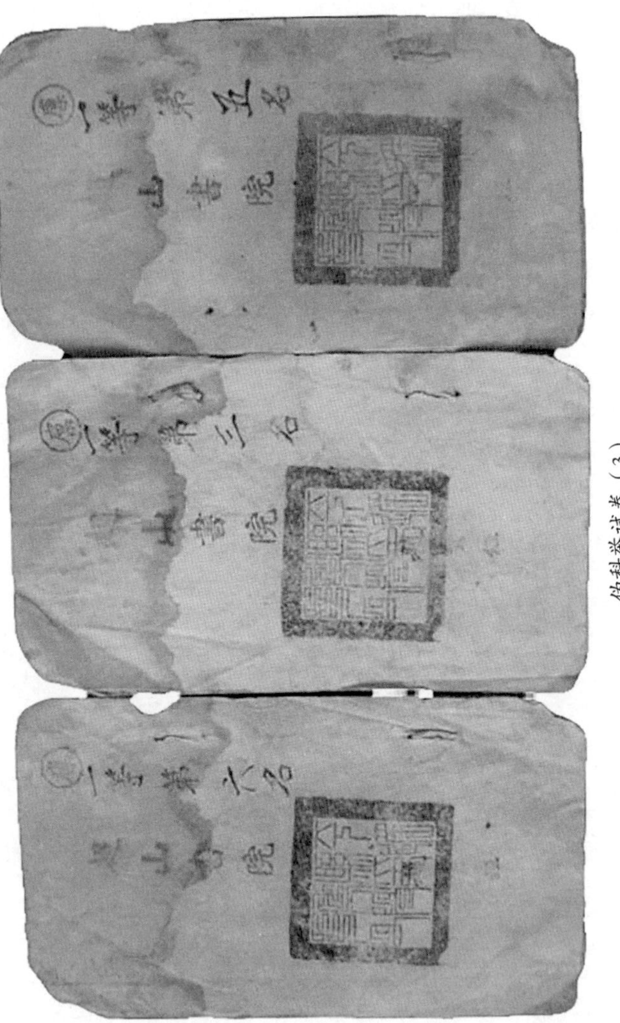

伪科举试卷（3）

三、看字体。正规的科举考卷，无论是书院试卷还是童试、乡试试卷等，对字体的要求都很高。清代科举考场的通用字体是“馆阁体”，具有乌黑、方正、光洁、等大的特点。清洪亮吉的《江北诗话》中记载：“今楷书之匀圆丰满者，谓之‘馆阁体’，类皆千手雷同。”正如其所言，馆阁体虽然看上去气势恢宏、圆润丰满，但形式上千篇一律，除书写优劣之外，并无可比较之处。然而，正因如此，才构成了馆阁体防作弊的特殊功效，使之成为考场的专用字体。在字体方面，伪造试卷出于成本的考虑，除了在伪造的殿试卷中另请高手书写外，在书院试卷甚至乡试卷的书写中，多字迹潦草、丑陋，很难符合馆阁体的书写规范。此外，还有一种更加高明的伪造手段，称为“半假半真法”。即除了试卷的封皮、封尾是人工制假外，试卷的内页则由古代考生日常的练习卷中拆分而来。此类练习卷多为合订厚本，虽然内容勾画涂抹严重，字体却比仿造的试卷高明很多，这样的试卷由于属于拆分而来，需要与做好的封皮重新装订，虽然在装订方式上采用了仿古的“纸捻装”，但是由于批量生产的缘故，多为粗糙、简陋的装订本。

四、看卷面。凡是正规的、涉及考试名次的科举考卷，一般卷面均呈现整洁、清爽的特点，除了阅卷者的批点之外，并无其他墨迹。因科举制度对考生的卷面有严格的规定，凡是出现挖补裁割、墨水污点，无论其文章是否精彩，皆不予以录取。因此，在各级别的考试中，为了养成良好的书写习惯，通常考生都会尽力保持卷面的整洁。相反，造假试卷则不注重卷面的美观，甚至随意涂抹乱写，整体看上去如“苍蝇乱爬”，令人不忍多看。

五、看批改。古代书院的考课主要由山长（院长）主持。童试的考试则分县、府、院三级考试，由相应的考官主持。乡试及以上考试，也有相应的房官、主考官阅卷。因此，批卷者一般具有举人及以上的科名，评语不用拘泥于特定的格式要求，字体多苍劲洒脱，尽显其深厚的书法功底。此外，科举试卷的批校也有严格的制度规定：童试和书院的试卷，考官用墨笔批校，点句勾股；乡试的试卷则分为两种，考生作答的试卷为墨卷，答卷完毕后由密封官将封面及内页的履历草稿等信息弥封，再交誊录官用朱笔誊录，誊录后交房官和主考评阅的试卷，称为朱卷。因此，考生的墨卷除考生自己点句勾股之处外，并无批校之处。内廉官中，正副主考用墨笔，同考官、内收掌及书吏用蓝笔，对读生用黄笔。誊录后的朱卷被分到各房官处，首先由房官用蓝笔进行评阅，如果考生的文采出众，即由房官

不以兵車

劉青藜

不假兵威者兵服人者深也夫使桓公而以威服人則必以兵
車矣而孰知其功固若是之盛哉且吾觀晚近之世強大之國
尚武勇以勘亂而兵車之禍遂烈於天下知夫豈有不煩一
兵不遺一矢以大義服之而以大信一之者乎而桓公之九合
諸侯則何如者夫五侯九伯齊寔征之論桓者將曰桓之霸也
宜哉孰里運籌兵車之盛莫有過於邪以衆戰誰能御之
以此攻城何城不克其知兵車之足且夫春秋時合諸侯
者亦孰不以兵車哉宋襄之霸東哉也以伐滕始秦穆之霸而衛

伪科举试卷（4）

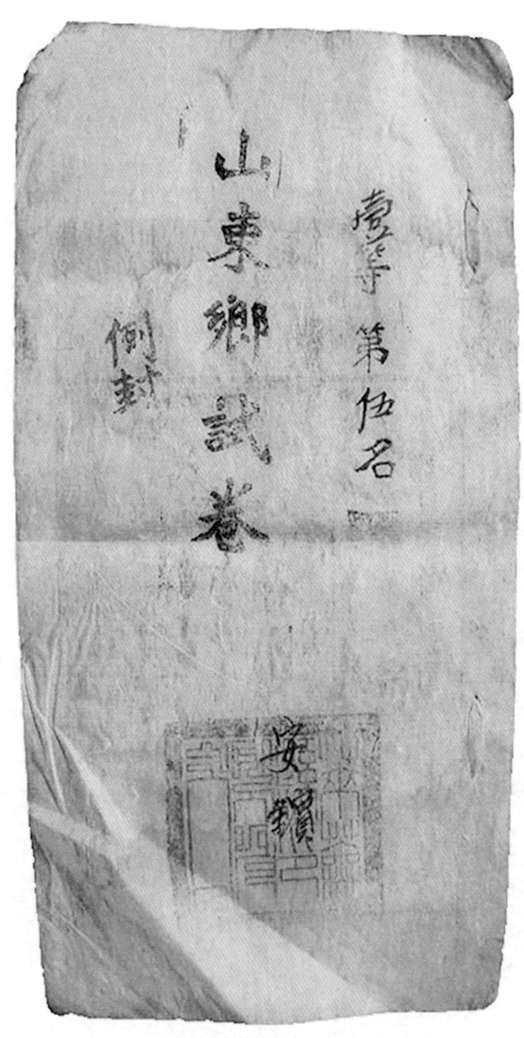

伪科举试卷（5）

“荐卷”至主考、副主考处，主考、副主考以墨笔进行最后评阅。造假者显然做不到这样繁复的用笔，达不到以假乱真的对书法功底的苛刻要求，因此，在区分真假试卷之时，甄别批校者的评语及用笔方式，即是最好的方法。

总体而言，一份科举试卷须符合卷面整洁、字体合度、用章合理、形制合规、批校精彩而有章法等诸多要求。如上的辨伪方法也同样适用于多数纸质文献的鉴别，只要诸君对相关的专题有足够深入的了解，并乐意长期接触相关的原始资料，也可以练就一双“火眼金睛”。

江南贡院借展记

2014年，南京江南贡院斥资72个亿拟筹建中国科举博物馆，向社会各界发布公告举办“科举文物大奖赛”，我闻讯后即向其发布的参赛邮箱发送了几件我所收藏的科举藏品照片，并留下了我的电话。几日后，果然有自称是南京江南贡院的负责人联系我，表示对我发送的科举藏品很感兴趣，想邀请我携带部分藏品前往南京做进一步交流。当时因工作缠身，我一时不方便请假应邀前往，故随即托词拒绝了。本以为事情就这样结束了，谁料这位负责人几日后再次打来电话，称：“贾老师的科举藏品很有分量，我们这边的领导想带队亲自拜访您，不知贾老师是否方便？”我心想既然南京方面这么有诚意，亲自上门交流，无论如何也要好好接待他们了，于是便应承了下来。在随后的数日，我利用晚上的时间对藏品进行整理归类，以便提高交流的“效率”。因当时我已收藏了科举、书院等专题文献数千份，加之家里空间狭小，着实忙了好几天。

当时尚未出正月，南京江南贡院一行三人便来到了我所在的小区，经介绍，才知来者有江南贡院的前馆长周道祥、秦淮区风光带管理局的张局长，以及负责联络的小张。交流中，张局长对石家庄的空气质量大加赞赏，他风趣地说道：“本以为能到北方吸两口正宗的雾霾，谁知道这空气比南京的还新鲜呐！”此句一出，引得众人一阵大笑。确实也是，在春节前，石家庄还笼罩在雾霾的阴影中，能见度低得吓人，这南方的客人一来，雾霾即散去，不见踪影，好个天公作美啊！

随后，我拿出了提前准备好的两大箱科举史料，逐一翻阅展示、讲解，其中有书院试卷，膏火票，童试、乡试等各级别考试题目、试卷，告示，光绪帝任命会试主考的排单，等等。其中，还有一套云南武乡试外场的成绩册，尤为珍贵。我按系列的展示和讲解引得周馆长等人赞不绝口，周馆长评价道：“您所藏科举文献品种之稀见、数量之大、质量之优，令我大开眼界，很多文献我们馆都未曾收藏，贾老师年纪轻轻，收藏竟有如此规模，真是令人敬佩。”我则感叹道：“为了收藏和保护这些文献，我消耗了大量的精力和财力，其中辛酸，恐怕只有自己清楚了。”周馆长鼓励我说："贾老师做的这些事情很有价值，可以造福于子孙后代，况且，这本身即是最大的财富了。"平心而论，周馆长所言非虚，正是凭借这份"责任感"，我得以度过无数困难的时光。记得在大学时，我常常收集这些"教育碎片"，银行卡里所剩无几，以至于数次去取款机取钱时，卡里因只剩下几十元而取不出钱来。印象最为深刻的一次，我为了买一份心仪已久的乡试题目，把父亲给我的几千元学费刷了出去。后来父亲知道了，把一张刚刚到期的和一张还未到期的定期存折拿出来，带着我去农村信用社取了出来。取款时，服务人员对我父亲说："还未到期就取出来，会损失好多利息呢！"我父亲只是简单地回了一句："孩子要交学费，没办法了。"后来，每次想起父亲的话，我的心里总是有些不是滋味。

在周馆长一行返程之前，他们再次邀请我前往南京，并提出想要借展的想法。据周馆长介绍，南京江南贡院位于南京秦淮区东南隅夫子庙东侧，1918 年，江南贡院大部分被拆除，只保留了明远楼、致公堂、衡鉴堂及少数号舍，新中国成立后交南京市中医院使用。改革开放后，南京政府挖出了 1000 多平米的建筑遗址，打算在此基础上，建成国内专业的科举博物馆，使之成为科举制度的研究中心、

与朋友们的合影（左三为周道祥，左四为笔者）

展示中心及收藏中心。周馆长说，现在科举博物馆一期的地下一层工程已经竣工，正在征集实物与布展阶段，希望有机会能够与我开展进一步的合作。据我所知，官方举办的科举博物馆在此之前只有上海科举博物馆一家，因其常年在外开展科举文化巡展，广受大众好评。现在南京有此魄力，在南京江南贡院的基础上，筹建中国科举博物馆，对于国家和社会都是莫大的贡献，对我们科举收藏爱好者来说更是可以让我们“大饱眼福”。因而，我打定了主意，定要找个时间去南京探访一番。

于是，趁着还有几天的假期，我便开启了南下之旅。当时因石家庄还没有直达南京的火车，我便转道北京，经过近 7 个小时的旅程赶到了南京。同时，我随身携带着一个行李箱，装满了此次要在南京交流的科举文献。一路上公交、火车、的士等交通工具切换多次，颇费周折。对我这个“老古董”来说，南京是头一次来，不过这里的空气和人文倒是让我想起了在成都读研的日子，惬意而又“巴适”。我们会面的地点在秦淮区政府大楼，见到了周馆长等人之后，我便将所带文献陈列开，逐一讲解其功用和背后的故事。在场的领导、工作人员都大受触动，时任南京中国科举博物馆文物征集顾问的徐文宁老师指着一份乡试绢质作弊夹带说：“这份夹带字迹还不到小米粒大，真是一件难得的艺术珍品。”更有趣的是，徐老师自称略通手相，一边指着我手纹的走向一边言道：“小贾，你天生就是有收藏的命数啊！”我虽然对于算命、手相之类并不“感冒”，属于纯粹的唯物主义者，然而确实也像徐老师说的那样，我从小即好收藏，无论是对儿时的画片、玻璃球还是对之后的连环画、邮票、钱币，等等，均发自内心地喜欢。半天的交流结束后，周馆长等人作陪，带我品尝了南京的风味小吃，现在想来，南京的小吃真心不比成都的差半分，甚至更有特色，其小巧玲珑，花样百出，真是令人回味无穷。第二天，我与中国科举博物馆达成了合作意向，向中国科举博物馆借展 700 余件科举藏品，为期两年，除了由南京提供一定的借展费之外，我还同意将其中的几件藏品拿来参加科举文物大奖赛。当年的科举文物大奖赛奖金颇为丰厚，一等奖一项，奖金高达 10 万元人民币，二等奖两项，奖金也达到 5 万元。我参赛的《清代云南武乡试外场成绩册》等三套科举文献分别获得了一项二等奖，两项优秀奖。值得注意的是，当年的一等奖可能由于某种原因空缺了，因此，我的二等奖已经是最高级别的奖项了。

此次南京之行令我收获颇多，我既参与了中国科举博物馆的筹建，又收获了科举文物大奖赛大奖，当然，这也代表了社会对于我这一收藏研究爱好的肯定。在随后的数年中，我又多次往返南京，其间还客串了中国科举博物馆讲解员的培训师，这样的经历使我更加明白了收藏和研究科举文物的价值。

“收藏”教育史

在某种程度上说，教育史是可以“收藏”的。诚然，历史的时间性、具体性、多变性、复杂性和多样性等特性决定了真正的历史实际是很难被绝对还原的，然而，历史实物遗存还是为我们提供了可以穿越时空与前人对话的机会。以教育史研究领域而论，教育文物的收藏与教育史学的研究是相辅相成的关系，具有同等的重要性。在早期的教育史学开拓者中，不乏注重教育文物挖掘研究的学者，舒新城即是其中的一位代表人物。舒新城所编著的《近代中国教育史料》是在考证相当数量的教育文物基础上完成的，书中提到：“中国改行新教育制度，为时虽不过六十余年，但各种文献散在各处，搜集颇不容易。且断篇杂乘，时间性极短，过期即绝版，欲搜集亦无处搜集。编者自民国十年来即注意于此，五年间历游长江各省，无时无地不留意。除购买印刷物外，凡与新教育有关系之人，亦多走访，借以探询各种史实。……特从抄就之底稿中择其重要而为一般教育者所当参阅之记载，先辑此册，印行于世，一以谋拙著《近代中国教育史》参考书之便利，一以存中国新教育之文献。”该书所收录教育文物时间跨度从同治元年（1862）至民国十五年（1926），并把其所收集整理的教育史料分为12种，包括正史、公牍、规章、报刊、著作、文艺；建筑物、纪念物、图片模型、先民遗迹；事件、运动等发起人、亲历人的回忆等。

从收藏的角度而言，教育文物与教育文献、教育史料既有联系，又有区别。以概念而论，“文物”在《辞海》中的解释为“人类社会历史发展过程中所遗留下来的具有价值的东西”。《辞海》中关于“文献”的解释则为：本指典籍和熟知文化掌故的贤人，后专指具有历史价值的典籍资料；“史料”则指“有关历史的文献资料”。由此可以看出，教育文物的外延最大，而教育史料的外延最小，教育文献史料都可看作是教育文物的种概念。在教育史学界，有这样一种持久而隐蔽的现象：多数学者有意无意地忽视了教育文物的收集和整理研究，把更多的目光放在对教育文献或史料的使用当中。受这种现象影响而形成的教育史料选择观也引发了另一种现象的出现：被研究得“津津有味”

的教育史，并不一定能够完整地再现教育史的全貌，有些人甚至面对教育文物不知所措、不辨真假——有面对假货以猎奇的心理据为学界新发现的，有面对教育文物不知其在历史情境中的作用的，不识教育文物种类者亦比比皆是。当然，个中的原因有很多种：或因教育“文物”的价值属性过于突出，让人因囊中羞涩避而远之；或因人们缺乏独到的“眼力”而把收藏行为看作“隔行如隔山”的行当；或因教育史学研究范式的选择，人们以“趋易避难”的心理过滤掉相对边缘化、微观化的教育实物。因前两种原因造成的情况固然需要长期大量的收藏实践来实现突破，然而就教育史学的研究来看，随着“新史学”的兴起，教育史学的研究视野也越来越多地拓展到教育教学当中的具体问题、微观问题和日常问题，教育文物在教育史学的研究中逐步得到了更多的关注。其中，周洪宇教授在教育史学的研究中提出了教育活动史的概念，并在此基础上提出了教育活动史研究需要具备的“地上与地下、史学与文学、书面与口述”三结合的大史料观，教师的日记、笔记、教具、学具、家谱、方志等文物均被纳入了其认可的“史料”范围。此外，面对中国尚未建立一所全国性的教育文物博物馆的现状，周洪宇教授作为全国人大代表数次为教育文物收藏发声，着实令人敬佩。

收藏教育文物要从教育文物的分类着手。教育文物可以从宏观、微观两个方面进行分类。先从宏观层面以教育史演进的阶段特征对教育文物进行阶段划分，再从微观视角对教育文物进行细致归类，这样的分类方法有助于清晰地把握教育文物的性质和多样性。

一、教育文物的宏观分类

以目前留存数量最多、种类最为丰富的中国近代教育文物为例，教育文物可以分为科举文物、新学文物、民国教育文物三大类。受特定历史时期的重大历史事件的影响，三大类教育文物中也穿插了一些特定时期的教育文物。例如科举文物中囊括了太平天国时期的科举文物，而民国教育文物又涵盖了“洪宪”教育文物、红色教育文物等。

二、教育文物的微观分类

以微观视角划分，教育文物可分为七类：文献类、影像类、证章类、金石碑刻类、建筑遗存类、匾额类、其他实物类。这七类教育文物基本涵盖了教育文物的种类和范围。

1. 文献类

教育文献是指记载教育制度及其运作的历史文献，有广义和狭义之分。狭义的教育文献又可以称为原始或原发性教育文献，如私塾课本、塾师聘书、往来文书、试卷、题目、告示、金榜、章程、日记、笔记、书信等。广义的教育文献还包括在原发性的教育文献之外存在的教育文献，其范围和数量比狭义的教育文献要大得多，例如与教育相关的各类著述、小说、报刊、书籍、方志、教育统计图表等，这类教育文献因为具有数量多、范围广等特点，整理和利用起来较为便利，成为被大多数学者引用最为广泛的文献史料。

2. 影像类

例如学堂、国子监、学宫、贡院、文庙、书院等建筑照片；师生合影、考试和教学场景影像；官员、教育家人物摄影；等等。

3. 证章类

证章类教育文物分为证书和徽章两个方面。它们都是在教育教学的实践过程中产生的，且均属于证明类教育文物，虽然材质不同，但仍可划分为一类。其中，证书类可以分为九种：毕业证、修业证、转学证、证明书、成绩单、通行证、护照、嘉奖证、其他证书类。徽章类可以分为四种：校徽、帽徽、奖章、纪念章。

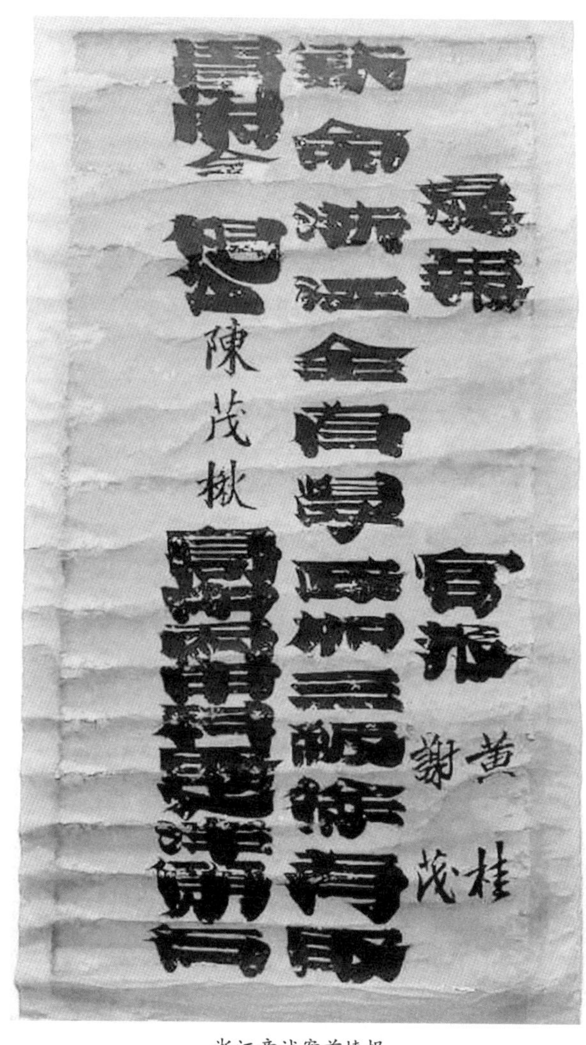

浙江童试案首捷报

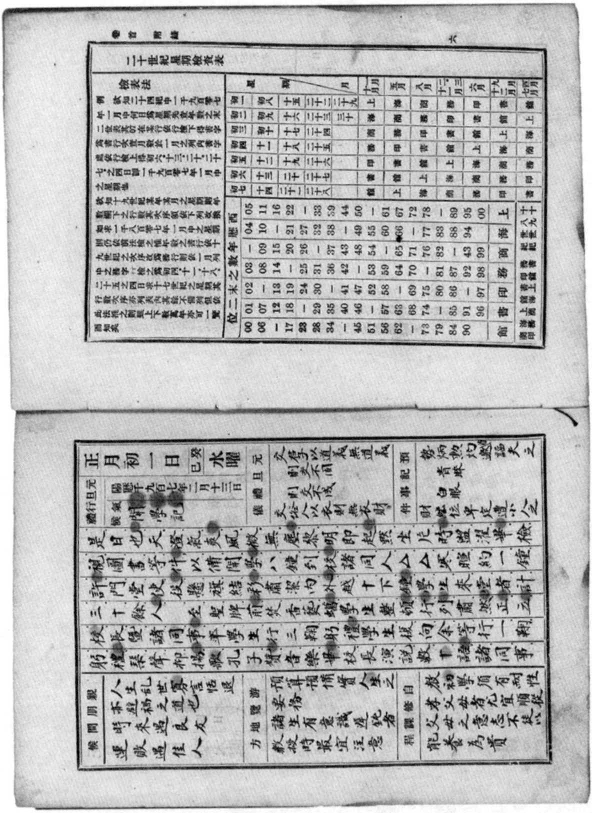

清代农业学堂教习日记

4. 金石碑刻类

金石碑刻类教育文物主要包括四个方面：官方颁发的晓谕教化、学规类金石碑刻，创办书院、学堂、学校时产生的纪念类金石碑刻，历代教育家在教育实践中遗留的金石碑刻，为彰显和表彰在教育实践中做出突出贡献的慈善家、教育家的歌颂碑刻。

清代艺徒学堂照片

東鹿理顺井龙文堂新增龙头三字经印板

5. 建筑遗存类

从目前留存的建筑物类教育文物来看，主要有五个方面，分别是书院遗址、学宫或文庙遗址、孔庙遗址、学校遗址、教育家故居。

6. 匾额类

匾额类的教育文物主要包括与科举考试相关的匾额；反映教育思想、渗透教育文化的窗花、条屏等民俗类牌匾；书院、学堂和各类学校的匾额，如门匾、楹联等。匾额类教育文物材质以木质为主，也可见石质和其他材质。

7. 其他实物类

如试卷印板，考试作弊夹带，作弊衣，考篮，武科举考试中用到的举石、硬弓、大刀，秀才举人的冒顶，等等。

在教育文物的挖掘、整理和保护方面，我国至今还未建立一所国家层面的教育专题博物馆。大量的珍贵教育文物依然沉睡在民间，随时面临着散佚的风险，亟待抢救性保护；诸多教育文物遗址被荒置，得不到有效的保护和利用；教育史研究领域缺乏对教育文物的认识，缺少对教育文物的挖掘利用，这将在很大程度上限制教育史学科研究的深度、广度。为了打破当前教育史学和教育文物研究领域的困境，一方面可加大对教育文物的挖掘和保护力度，建立国家层面的教育文物专题博物馆，使之成为教育文物的收藏中心、保护中心和研究中心；另一方面又可在资源整合和有效利用方面下功夫，包括对教育博物馆、民间教育文物收藏家、校史馆等进行资源整合，建立教育文物数据库以实现资源共享，对稀见的教育文物进行影印出版等都是行之有效的方法。此外，还要注重教育史学和教育文物研究复合型人才的培养，尝试在高校建立教育文物研究专门学科，为教育文物与教育史学的互补提供理论知识和技术支撑。

随着近年来教育文物研究工作的开展，多地相继建立了地方性教育博物馆，如南京科举博物馆、宁波教育博物馆、苏州教育博物馆、上海科举博物馆等，越来越多的高校和一些百年老校也在努力挖掘校史文物，提高校史馆的研究水平。同时，在高校学者和民间收藏家的努力下，全国教育文物研究会已经成立，并在北京、西安、海南、南京等地召开了四次学术年会，为教育文物和教育史学的有机融合提供了平台，研究成果也有了一定转化。笔者所编《贾江溶藏稀见清代科举史料汇编》（后称《汇编》）也是在此背景下出版的一项学术成果。全书共计收入“木铎堂”珍藏清代科举史料440余种，有文献图版1万余幅，分编为20册。所收文献资料内容涵盖私塾教育、童试、官学、乡试、会试、殿试等科举各阶段，侧重于科举“活动史”的微观细节。此外，《汇编》还收入了“木铎堂”所藏的稀见清代武举实物，如清代武秀才名片印模、武科乡试报名册、松江府转发的武乡试公文、武举给票、武乡试外场成绩单、武会试朱卷、浙江江西两省的武乡试朱卷，以及武科场条例等。这些稀见的清代武举实物史料，对研究清代武科举具有特别的补充意义。

以往我在与一些学者交流的时候，常将我的收藏主题“教育文物”介绍为“教育文献”，便于其对我收藏行为进行理解，而这样做又使很多学者将之指向常见的“数据库文本”，因此我不得不进一步解释我所藏教育文献的种类和范围。说到底，还是由于“文物”在大众心目中仍是难以触碰的对象。因此，我也殷切地希望随着教育文物收藏和研究的推进，教育史学研究视野的进一步拓展，我们可以重塑教育文物的使用价值，使得教育史可以被“收藏”。

肆业篇

忘年交

2018年，河北省图书馆学会、《藏书报》等联合举办“首届河北省十大藏书家”评选活动，我凭借多年的教育文献收藏而忝列河北省十大藏书家之一。在某种程度上，我对参评此类“奖项”颇有顾虑，因在十余年的教育文献收藏研究中，我一贯保持着相对低调的做事风格，当然，这样做在很大程度上是为了降低收藏的难度。“人怕出名猪怕壮”，这在收藏界很容易应验，因为如果众“上家”皆知某人专集藏某个专题，且颇具规模，那么他们自然也会将手中“货物”视若珍宝，不会轻易出让给这位他们眼中的“大户”，这样便无形间增加了收藏的难度，抑或会多花不少冤枉钱。此外，我的另一大顾虑则在于我“尴尬”的年龄。2006年我初涉书院、科举收藏专题时，尚在读大学，不过20岁出头，而与我交流、联系的全国各地的藏友们，则多为中、老年的“老手”，年轻一些的友人也多已30岁开外。

因我与多数友人从未谋面，所以在此十数年中，我并未提及年龄。入选 2018 年“首届河北省十大藏书家”之后，我毫无意外地收到诸多老友发来的无数惊叹号。其中，广州一位收藏民国毕业证书的段兄感叹道：“原来贾兄如此年轻，我一直以为你应该是一位 60 岁左右的老学究呢！”或许，按照诸友人的印象，能深耕于教育文献收藏和研究，且颇具规模者，应该是位“老顽童”了，很“不幸”的是，我几乎打破了所有人的认知极限，欢笑之余，也略显尴尬。

诸如因年龄而造成的“尴尬”事情还有一些，不过印象最深的恐怕是 2011 年的西昌之行了。

2011 年，我在成都某高校读研究生，便产生了与西昌多年的老友李兄聚会的想法。李兄是西昌远近闻名的收藏大家，早年自己曾经营办厂，积累了一定财富。正当其事业蒸蒸日上之时，他竟选择散尽家资，专注于收藏西昌地方的老物件。其藏品种类繁多，陶瓷器皿、书画、钱币等等，无不涉猎，且多为难得一见的精品。我与李兄 2006 年相识，当时我在“故纸收藏论坛”担任“书院文化”的版主，往来交流甚多，彼此亦经常通话。在此期间，多次蒙其惠让四川科举文献，且李兄为人忠厚，都是先将其藏品寄来，待我收到后再许我打款。我二人虽未谋面，但凭借相互信任建立了深厚的友谊。我早已知道李兄已经年逾六旬，亦大言不惭地称之为李兄，而在李兄的印象中，我应也与其年龄相仿。此次西昌之行，当我坐在颠簸的绿皮火车上，联想到我们二人不久之后将要见面的尴尬场景，便不由自主地笑出声来。果不其然，待我到达西昌后与李兄相见的那一刻，李兄连声发出带有浓厚四川乡音的“太年轻喽！”。李兄请我品尝正宗的西昌米粉之后，便邀我至其家中交流。李兄的家是坐落在民居中的独栋小院，空间并不算大。据李兄说，早年的全部积蓄多用来置办藏品，所以并不曾置办房产。一眼扫去，李兄的房舍几乎被其藏品所占据，连同二层的小阁楼亦是如此。稍歇不久，李兄即拿出其珍藏多年的四川科举文献与我交流，在简单的协商之后，我便很幸运地将李兄所藏科举文献“一枪打下”。

作为地道的北方人，我体验到了四川不一样的气候和生活。例如，那里很少能见到太阳，以至于在宿舍晾晒了几个星期的衣服仍然潮湿。又如成都人很会做生意，晚上十二点过后，满大街仍有各种诱人的“辣子鸡”“臊子面”。再如四川“巴适”、安逸的居民生活，上午的街道从未见到熙熙攘攘的上班人群，却有不少遛狗散步、茶馆打牌的人。因此，在我得知成都曾被评为“全国十大最具幸福感的城市”之一后，我丝毫没有感到奇怪。在科举文献方面，四川相对于其他省来说，也别具特色，其文献呈现出了四川人“巴适”、安逸、细致、温雅等特点。我从李兄处所获得的一份《盐源县童试卷》即为全国罕有之物。此盐源县试卷封面所载信息极为丰富：“盐源县”说明了该考生的籍贯；“土著”代表该考生为本地生源，并非客籍；“科试头场”说明此童试卷是四川学政主持的科试考试，且为童试当中的县试头场试卷（一般而言，童试中的县试、府试皆考试五场，分为头场、一覆、二覆、三覆，终覆，也有考六场者）；“文童”字样代表考生的身份，参加童试的考生分文童、武童两种；派保和认保人的姓名戳是童试的保结手段，一般由本地取得廪生身份的生员担任，如果该童生在考试中出现舞弊或者其他犯纪行为，认保人和派保人将会受到“连坐”的处罚；“第四牌”“西基伍号”则为考生的考场座位号；“第　等第　名”字样用于评出考生的名次。此外，试卷封面正下方的两方官印空白处原贴有浮票，在入场时已被考生揭去。浮票相当于古代的准考证，上面注有考生的姓名、年龄、面色、有无胡须、家庭住址、考场座位号等信息，在尚未发明照相技术的古代，此检查方法已经算得上相当高明了。试卷内页分为批语、正文、草稿三个部分，在草稿与正文处盖有骑缝章。封面与试卷内页正文连接处为考官题写批语的地方，正文为红格纸、经折装，每折6行，每行25字格。考试的内容为四书文两篇，五言六韵试帖诗一首。作为尚未取得科名的童生即可写就精美的书法，实在令人赞叹。盐源县童试卷形制之完备、细致，在全国实属罕见。然而，真正体现出四川特色的应属试卷卷尾粘贴的“科岁卷票”。

原来，受科举考试影响，民间出现了很多与科举考试相关的商品和“生意”链条，仅考试用卷一项，民间即有很多仿制官方试卷的作坊。小作坊自制的试卷因价格相较官方的试卷更为低廉，获得了不少考生的青睐，这使官卷的销路大受影响。为了应对民间小作坊的业务冲击，四川宁远府署专门制作了一套“防伪标签”，即“科岁卷票”。科岁卷票为长方形制，大小为22cm×10cm，用木版印刷而成。其内容如下：

> 四川宁远府为科岁事案奉本府转奉督学院批详行合卷户王之连等承造科岁书二合式试卷盖用本府印信以杜私造，每本定价纹银三分三厘等因，奉此合给印票粘连卷尾，各宜遵照毋违须至票者。

有了这张加盖官印的“科岁卷票”，宁远府署的小作坊仿制卷生意一落千丈，甚至绝迹。可惜的是，就目前所发现的史料来看，像“科岁卷票”这样精细灵巧的防伪手段并未在全国各地施行，系四川所独有，而这也进一步印证了四川人的细致、聪明等特点。

收藏交流结束后的两天，我与李兄共游邛海，遍尝西昌美食。临别之际，李兄又以其珍藏的西昌春秋战国时期的陶罐相赠，其浓情厚意，自不待言。时至今日，回想起当年的忘年交，我仍十分感激和喜悦。

《盐源县童试卷》（1）

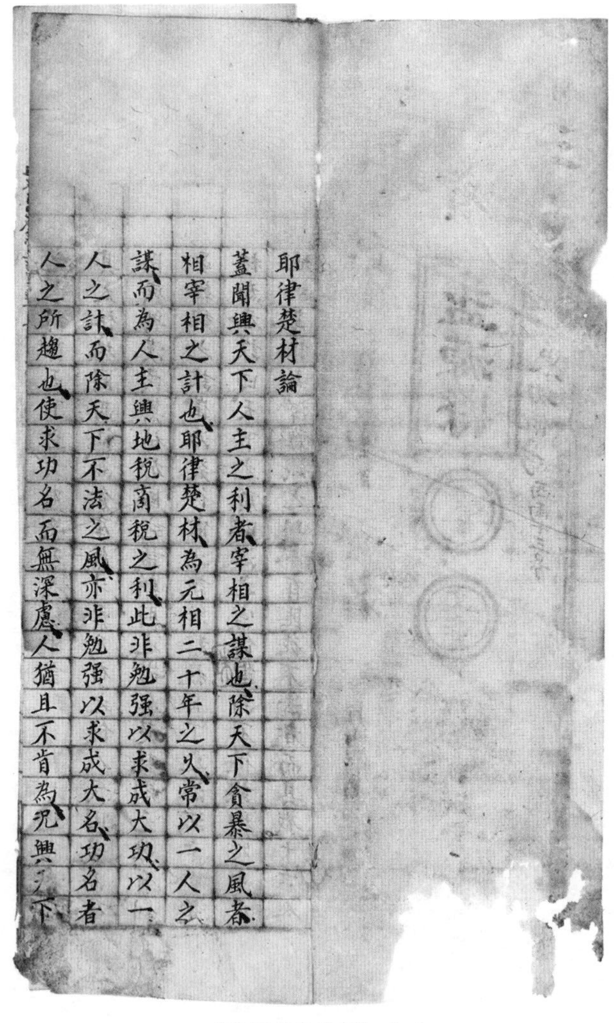

耶律楚材論

蓋聞興天下人主之利者宰相之謀也除天下貪暴之風者相宰相之計也耶律楚材為元相二十年之久常以一人之謀而為人主興地稅商稅之利此非勉强以求成大功以一人之計而除天下不法之風亦非勉强以求成大名功名者人之所趨也使求功名而無深慮人猶且不肯為況興天下

《盐源县童试卷》（2）

科岁卷票

《金石吟》得书记

我收藏教育类文献十五载，除各地朋友长期帮忙搜寻代购、参加拍卖会、周六日逛书市外，常利用业余时间浏览各大旧书网站，搜寻所需古旧书，十数年来不曾间断。至今通过各种途径，我所藏教育类文献已达数千种之多，其中不乏珍品、孤品。对于藏书人而言，最令人伤心的莫过于与心爱之书失之交臂，最庆幸的则当属擦肩而过后的失而复得。在此失而复得的经历中，《金石吟》让我印象尤为深刻。

《金石吟》在某网挂单有年，未曾售出。在我印象中，我与“她”曾偶遇三次，但出于对该书名的偏见（总是将其臆想为有关金石碑刻之类的古籍），而不曾进一步深入了解，因而不曾知晓其中所写内容。当然，该书数千元的标价，以及每日繁重的浏览任务，更是让我有意无意地快速过滤掉了，《金石吟》也一直在角落里静静地等着，不曾离

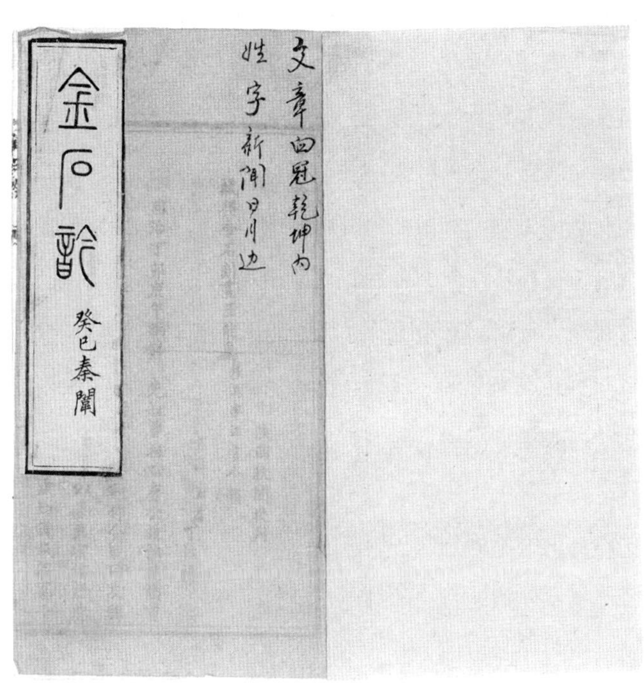

《金石吟》（1）

开。终于，在 2018 年元月于某网浏览古旧书时，我又一次浏览到了《金石吟》，这次我竟下意识地多看了“她”一眼：红色的封面却贴着夺人眼球的绿色黑边题签，“金石吟”三字尤为扎眼。突然，“癸巳秦闱”四个字触动了我的神经，让我心跳开始加速。难道，这本书与科举考试有关？因其中的“癸巳”代表年份，“秦”代表陕西，而科考时间有秋闱和春闱之别。其中的秋闱即乡试，考试的场所在各省的贡院（也有几省合并的考试）；而春闱则为会试，考试的地点在顺天贡院。就此秦闱而言，此书定是与陕西乡试有关，将四字连起来理解，便是癸巳年陕西乡试之意。我按捺住激动的心情继续浏览封面右上角的两句诗“文章旧冠乾坤内，姓字新闻日月边”。此诗句进一步印证了我关于此书是陕西乡试文献的判断。浏览书的内页，映入眼帘的是乡试第一场试帖诗题目“赋得金石刻画臣能为，得为字五言八韵”，作者落款为癸巳陕西秋闱的主考丁惟禔（字伯平，号静簃，山东日照人，二甲第五名进士），然而此试帖诗题目后并无诗文，而是丁惟禔所写的序文：“同治丁卯、庚午两科，先叔曾祖心斋公提调楚闱（湖北乡试），曾借试题遣兴得诗十余首，同事多有和作。今岁同友稺同年典试关中……适以戏笔赋诗索和，勉成二首。”序文之后，主考丁惟禔以

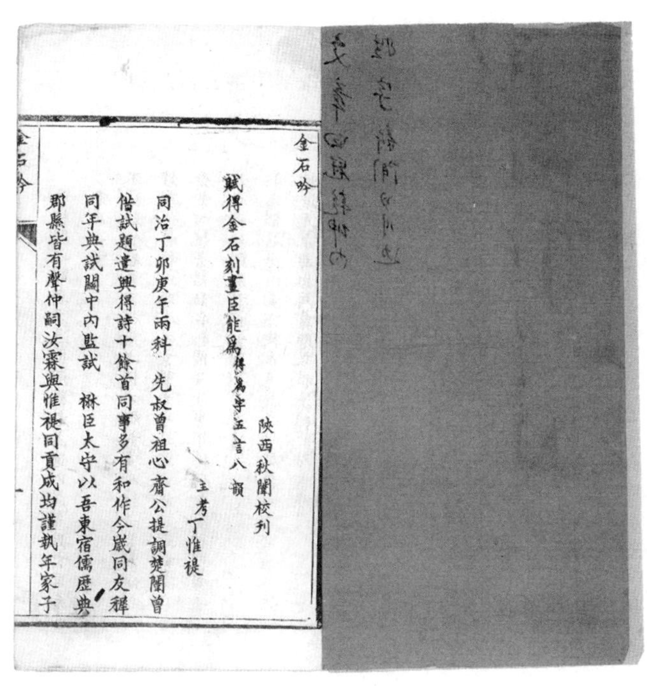

金石吟

陝西秋闈校刊

賦得金石刻畫臣能爲 得爲字五言八韻

主考丁惟禔

同治丁卯庚午兩科 先叔曾祖心齋公提調楚闈曾

偕試題遣興得詩十餘首同事多有和作今歲同友稺

同年典試關中內監試 楙臣太守以吾東宿儒歷典

郡縣皆有聲仲嗣汝霖與惟禔同貢成均謹執年家子

《金石吟》（2）

两首试帖诗开篇。

其一：

赋得金石刻画臣能为，得为字五言八韵

不朽如金石，良臣独勉之。
怜才惮刻画，砥德著猷为。
浑朴钟彝色，精莹璱瑮姿。
西京贤太守，北海古经师。
莲说谁同爱，棠甘竟去思。
勋名郿阁颂，政事郃阳碑。
自有神明寿，长教福禄绥。
鲤庭诗礼训，附骥幸攀追。

其二：

赋得金石刻画臣能为，得为字五言八韵

小臣金石癖，刻画亦徒为。
见说豳岐盛，能超海岱奇。
未央摎汉瓦，永寿抚周彝。
勉效披沙拣，终防抱璞遗。

烟云双华秀，风雨一镫之。
感甚冰壶赠，渐无玉尺持。
清标徐子榻，元唱郑州诗。
避席空疏愧，投桃报已迟。

继主考丁惟禔之后，主考徐继孺、内监试周铭旂、内收掌王策范，以及十位同考官王皆陛、谈廷瑞、张树穀、齐澤、黄肇宏、郑思敬、陈润璨、李汝鹤、孙云官、杨调元等人也分别以两首试帖诗附和其后，各抒其怀。

从作诗者的身份来看，皆为陕西乡试内廉官。乡试考官有内廉官和外廉官之分，主考、房官（同考官）、内提调、内监试、内收掌为内廉官，监临、外提调、外监试、外收掌、受卷、弥封、誊录、对读等官为外廉官。内廉官进入贡院致公堂后，由一道门与外廉官相隔，考试期间内、外廉官不相往来，有公事则需隔门问答授受。内廉为考官校阅试卷与办事之所，外廉官将试卷封送内廉，由内监试请主考分卷到各房，再由各房同考官初次筛选后推荐优秀答卷交由主考评定，确定录取与否。由于史料的匮乏，乡试内廉官在考场的生活、工作情形在诸多科举学研究成果中均鲜有提及，而科举学相关论著及电视荧幕中出现的乡试阅卷场景，呈现的多为呆板、紧张、阴沉的氛围。例如，商衍鎏（1875—1963）所著《清代科举考试述录》提到："内廉除校阅试卷与关于考试各事外，不能预闻他事。"这本《金石吟》，打破了学界的固有思维，顿时让乡试考场变得鲜活起来。更难得的是《金石吟》首页下端所书"陕西秋闱校刊"六字，说明《金石吟》在乡试考试期间（三场九日）即已在陕西贡院刊刻完毕，效率之高，印刷之精美，着实令人赞叹。

《金石吟》蕴含了丰富的文献价值、文学价值、历史价值，这些都不容我再次错过"她"。随即我迅速与卖家联系买了下来，使之成为我心爱之物。类似于这样的收藏经历还有很多，每一件宝贝的收藏，每一次"艳遇"的发生，都让我更加相信缘分的存在。对于爱书人而言，只要我们坚定信念，付出心血，不懈探索，那个美丽的"她"一定会在某个角落静静地等待着你去掀开神秘的面纱。

光绪丙子科江南乡试题目

乡试是秀才参加以考取举人的考试，在科举考试中占有相当重要的地位。如果说童试是士子“进学”之试，那么乡试则真正称得上是“入仕”之考。在中举之前，虽说秀才已享有免徭役、见县官毋庸下跪，甚至在犯案后未经学官斥革不能施加刑罚等优待，但是秀才的生活从总体上来说都是比较“寒酸”的。参加本地各书院的考课赚取膏火、花红（奖学金），开馆设教或受聘于人，抑或为人写信、题字等等，成为秀才为数不多的经济来源。而秀才中举后则可赴京参加拣选，分发官职，跻身上流社会。由此，历代读书人皆视乡试为“登云之梯”，屡战屡败而又屡败屡战，在三年又三年的循环往复中度过一生。虽然古代读书人的苦现代人恐怕是难以体会，只能从“范进中举”的故事中揣摩一二，但是对于科举文物收藏爱好者来说，这绝对是一大“福利”。不同于会试、殿试等更高层次的考试，乡试中的实物如乡试题目、乡试落第朱卷是可以发还给考生的，同时乡试的考篮、卷夹、作弊夹带等同样会被考生留存，这使得民间散落的乡试文物的数量和质量远超于现今的各官方馆藏。

15年前，在我科举文物收藏之始，会试卷、殿试卷等科举顶层文献常出入于中国各大拍卖会场，价格亦不过两万元左右，而散落在民间各角落的书院试卷价格更不过百元，甚至二三十元一册。面对此等落差，加之当时对书院文化的钟爱，我产生了对殿试卷“搁置收割”的想法。现在来看，这样的想法确实影响了我对科举顶层文献的收藏，以致木铎堂至今尚未入藏一份殿试原卷。每念及此，未免失落。不过，选择收藏科举中下层文献，也算开辟了一条新的道路，可与官方所藏形成优势互补，也算是些许安慰。

话题回到乡试文献的收藏方面，乡试实物文献的种类繁多，按照乡试的流程来划分，包括乡试前、乡试中、中式后三个阶段的文献。乡试前文献包括学政主持的乡试资格选拔考试即录科、录遗，以及学政的观风试，在乡试前报名程序中考生亲填“保结单”“亲供”等所产生的文献。乡试中的文献除了乡试题目、试卷、考场告示等实物外，又有学政发放的“三场程式”，考生自带的卷袋、卷夹、领卷票、考篮，甚至作弊夹带等。值得一提的是，秦闱主考官还与同僚就乡试题目遣兴作诗而刊刻《金石吟》，传为科场珍本。乡试放榜后文献包括中式举人的捷报、题名录、朱卷，以及落第秀才的“落卷”等等。因乡试而衍生的实物文献同样有趣，诸如考生赶考路上的“算命签”，以及颇具广东特色的“闱彩”等。

在学界，已经有不少的学者认识到科举实物文献的价值所在，例如厦门大学的刘海峰教授。在十数年的收藏过程中，我常与刘教授正面“交锋”，打得“不可开交”。受其影响，刘教授的博士生、湖南大学岳麓书院李兵教授也对科举实物文献颇为重视，我对李教授所著《千年科举》中的一段话印象颇深：“尽管目前已经出版了多部以‘中国科举史’、‘科举史话’等命名的著作，这些著作关注的重心多是中国科举制度史。我们认为科举制度虽然是中国科举史架构的基础，但制度史不能等于科举史，科举史涵盖的范围远远超过了科举制度史，如果史料保持完整的话，任何一个县的科举发展历程都能写出一本《某某县科举史》。我想这只能是一个无限美好的愿望，几乎是不可能实现的。”当然，李兵教授所言非虚，完整而系统的实物史料确实非常难得，在木铎堂所藏乡试系列中，一套光绪丙子（1876）

科江南文献就足以称得上珍贵而难得。

2015 年，江西景德镇的一位老朋友 H 兄打来电话，告诉我他那里有一套江南乡试题目，连带此考生的一些其他东西。随即他通过微信发来相关图片，阅后我便很痛快地拿下此套文献。其实，乡试题目成套的并不多见，拍卖会零散出的也不过是某科的某一场或某两场题目，当时的价格也不过数千元至万元左右一份。面对成套稀少之物，我在价格方面从来不含糊。几天的“漫长等待”之后，我在拆开包裹后感到非常惊喜，原来在此套光绪丙子科乡试题目之外，亦包括此考生（董鸣勋）的保结单，学政发给的“三场程式”，董鸣勋在书院考课的文章，中举后友人的书信、赠言、挽联，以及嫁女的婚书、“算命签”等物品，总量达数百卷之多。其中，一张董鸣勋所作的水墨画引起了我的注意，画以简单的线条勾勒了一副山、水、渔人泛舟的场景。画的左上部以“青山绿水”落笔，瞬间让我想到了此套乡试题目的第一场诗文题目“赋得依旧青山绿树多，得舟字五言八韵”。原来董鸣勋心系考场题目，竟痴迷其中，将考题以画作的形式展现。想必其放榜得中，欣喜若狂之际而有此遣兴之作，留为纪念，这才有百数十年后我与它的相会，想到此机缘，大感快慰。关于江南乡试丙子科的

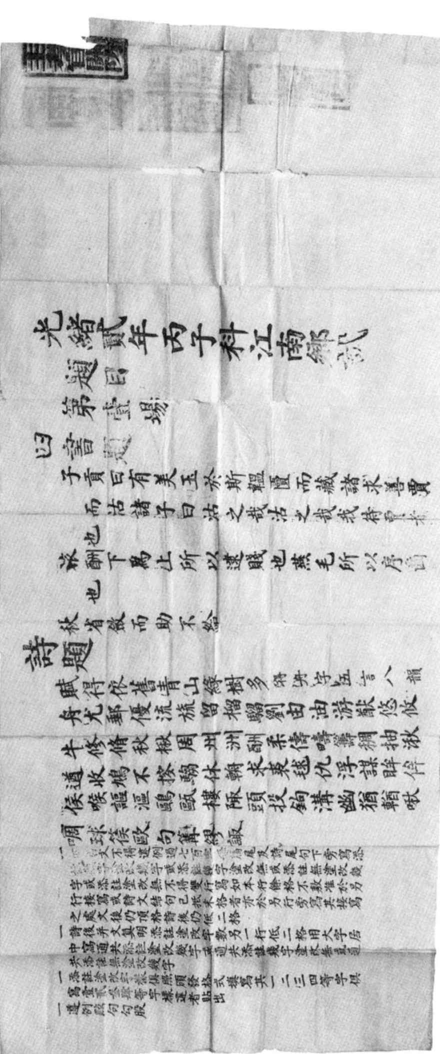

光緒貳年丙子科江南鄉試

題目

第壹場

四書題

子貢曰有美玉於斯韞匵而藏諸求善賈而沽諸子曰沽之哉沽之哉我待賈者也

旅酬下爲上所以逮賤也燕毛所以序齒也

秋省斂而助不給

詩題

賦得依舊青山綠樹多 得多字五言八韻

舟尤郵優流旒留榴騮劉由油游猷悠攸

牛修脩秋楸周州洲酬柔儔疇籌稠抽湫

道收鳩不摎騶休輈求裘毬仇浮謀眸侔

侯喉謳漚鷗甌樓陬頭投鉤溝幽猶輶啾

啁球篌歐句篝繆諏

一 [illegible]文不得違例過七百字[illegible]篇尾及詩尾句下旁寫添[illegible]字塗改幾字或添註幾字塗改無或添註無塗改幾字或添註塗改無不得雙行寫如本行餘格不敷准於另行接寫或詩文結句已抵末格者亦於另行旁寫其接寫之處文後仍頂格詩後仍低二格

一 詩後并文具明添註塗改字數另一行低二格用大字居中寫通共添註塗改幾字或通共添註幾字塗改無或通共添註無塗改幾字

一 添註塗改字樣俱照頒發格式填寫其一二三四等字俱寫壹貳叁肆等字樣違者貼出

一 違例題句勾股

光绪丙子科江南乡试题目第一场

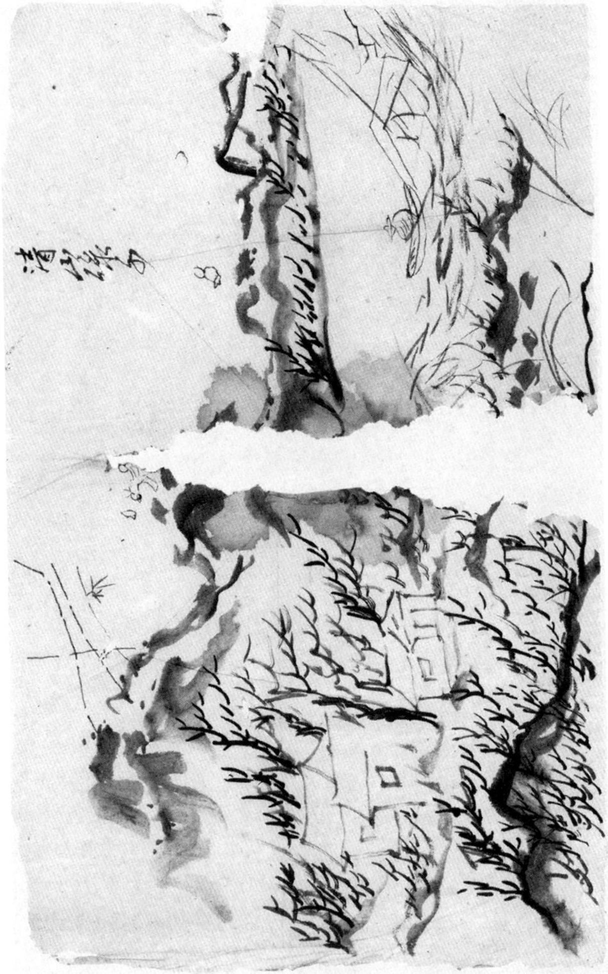

董鸣勋画作

故事才刚刚开始，大约在一个月之后，H 兄又打来电话，说又拿到这家的一套乡试考场告示、点名程式等。经过商议我又以数万元拿到了董鸣勋的其他乡试实物，其中包括《乡试监临部院刊给士子入闱简明规约十二条》两份。告示中对士子点名入场、入号、出场交卷等均做了详细规定，例如“士子未经入号，所有考具衣服自应刻不离身”“各府州县，例有教官送考，点到某学即令该教官率带门斗逐名认识，如有顶冒，立即指出拿纠”“诸生领卷后，一入龙门……按照卷面字号引入本号，各宜凝神静养”。除此告示外，另有乡试点名程式两份，皆为巡抚部院发给士子以明晰如何点名进场的告示。实际上，江南乡试是明清之际中国最大的乡试考场，号舍多达两万余间，一度与顺天贡院齐名，分别称为南闱和北闱。在历科江南乡试中均发生过拥挤踩踏事件，直至林则徐担任江南乡试主考时发起考场改革，事情才有转变。林则徐经过前期对考场的细致勘察和在应试士子间的走访之后发明“点名定式”，将各府州县学考生分为中、东、西三路，以灯笼、旗帜、炮声为号，按次序进场，避免了踩踏事件的发生。此后各省乡试纷纷效仿，引为一段佳话。据此两种四套文献，结合董鸣勋友人的书信、赠言等，可知董鸣勋的乡试之路也充满坎坷，至少经过两科的考试才得中举人。董鸣勋的江南丙子科乡试系列文献是目前国内仅见的相对完善的乡试实物文献，然而其中有两册董鸣勋的乡试考场朱卷，几乎被老鼠先生咬得面目全非，内容散失大半，稍显美中不足。

在十余年的教育实物文献收藏过程中，“缘分”是我最为信服的。2015 年 11 月我接到了江苏友人爱华的电话，说当地一家宗祠拆迁，流出一批科举试卷，尽管友人知道此类为科举试卷，但其描述也不尽详细。在看到他发来的图片后，我得知此为江苏秀才卢润森参加四科乡试的朱卷原本，共四套。在看到其中一套乡试朱卷的内容时，我心中一惊，瞬间联想到了数月前收入的江南丙子系列第一场题目——“子贡曰：‘有美玉于斯，韫椟而藏诸？求善贾而沽诸？’子曰：‘沽之哉！沽之哉！我待贾者也。’”该题目选自《论语·子罕》，大意为子贡问他的老师孔子，如果有一块美玉，是藏在柜子里还是寻求识货的商人把它卖了。子贡将孔子比作美玉，问孔子是深藏不为天下所用，还是等待良机。孔子答道，我是等待时机啊！此颇有韵味的一问一答，令我记忆尤深。而眼前的朱卷图片正与此题目相对应，细查后面的场次，也一一对应，真是踏破铁鞋无觅处，得来全不费工夫。此外，还有数册卢润森在梅花书院的试卷，更是将光绪丙子科乡试前的科举文献也收入其中，故在象征性地议价后我便以高价悉数拿下。

就这样，光绪丙子科江南乡试文献被我在一年之内收集完成，至今亦成为木铎堂最为得意的一件事。此后，我又买到了一份光绪江南乡试丙子科中式举人黄晋刊送师友的印刷版朱卷，进一步丰富了光绪丙子科江南乡试系列文献的收藏。在充满未知与期待中拼接出完整的历史事实，收藏文献和研究历史的美妙之处也在于此。

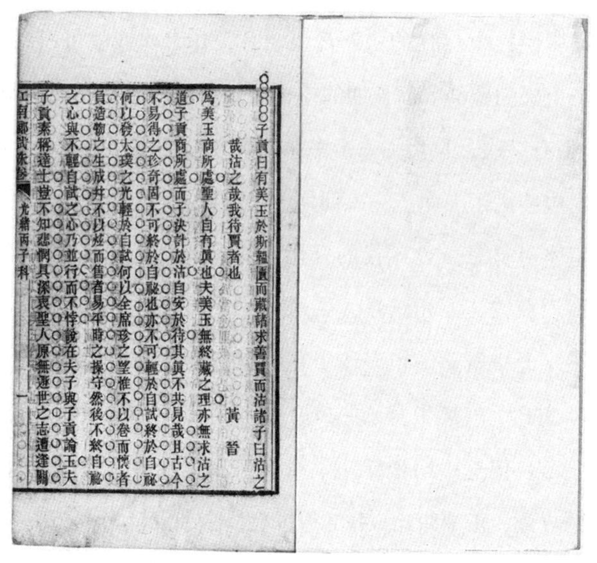

子貢曰有美玉於斯韞匵而藏諸求善賈而沽諸子曰沽之
哉沽之哉我待賈者也
黃晉
爲美玉商所處聖人自有眞也夫美玉無終藏之理亦無求沽之
道子貢商所處而子決計於沽自安於待其眞不共見哉且古今
不易得之珍奇固不可終於自秘也亦不可輕於自試終於自秘
何以發太璞之光輕於自試何以全席珍之望惟不以眷而懷者
負遺物之生成幷不以炫而售者易乎時之操守然後不終自秘
之心與不輕自試之心乃並行而不悖幾在夫子與子貢論玉夫
子貢素稱達士豈不知悲憫具深衷聖人原無遯世之志遭逢闕

江南鄉試硃卷　光緒丙子科　一

光绪丙子科江南乡试朱卷

拍场捡漏记

对于收藏爱好者来说，最幸福的事情恐怕要属捡漏了。我的一位老朋友，北京的毕树郑先生是一位“70 后”，在上世纪 80 年代涉足收藏，古玩、字画、青铜等等，无不收藏。据老毕说，80 年代的瓷器都很便宜，几十块钱就可以买到一个上好的瓷器，而长期的摸爬滚打也练就了他一双慧眼。“记得有一次，我卖了一个瓷瓶，对方给了我两万元钱，用黑皮包装满了一兜子，沉甸甸的，还有些害怕”，老毕提到这里略显得意。80 年代的万元户已经是少之又少，而通过捡漏而获得 2 万元巨款，更是一件令人欣羡的美事。不幸的是，老毕所藏的很多珍宝在某年被小偷洗劫一空，老毕也因此几乎气坏了身子。待心情平复后，老毕开始重新拾起收藏。但这一次他转向了科举、书院、民国教育文献的专题收藏，正是如此，我才得以有机会和老毕相识。

捡漏需要一定的运气，更重要的是要有一定的眼力。

不然，即使一件宝贝放在眼前，也很容易错过。随着新媒体平台的出现，以及信息检索越来越便捷，捡漏似乎成为很难实现的事情。我工作在石家庄，距离北京不过一个多小时的车程，所以得空就会前往北京潘家园淘宝。北京的潘家园古玩市场可能是全国最大的古玩交易市场，文玩、青铜、字画、古籍旧书等等，应有尽有。我曾听很多人说过，潘家园古玩市场大约有九成都是仿品或臆造品，只能称之为工艺品。尽管如此，还是有大批的收藏爱好者云集于此，开启捡漏之旅。我曾读过方继孝先生所著《碎锦零笺》一书，得知方先生是国内顶级的名人墨迹收藏家，其在潘家园所淘的几麻袋装有朱自清、潘光旦、沈从文等著名学者、文人的信笺更是奠定了其名人墨迹收藏的坚实基础，令人垂涎不已。

除了在古旧收藏市场、地摊有捡漏的机会外，其实拍卖会也是不错的选择。与很多人心目中的“高冷”形象不同，拍卖会也会出现一些绝佳的捡漏机会。例如，2017 年保利春季拍卖会中一枚乾隆宝玺“丛云”拍出了 380 万元的高价，而这枚宝玺则是半年前由西泠印社流出的拍品，当时它的拍卖价格不过 1.8 万元而已。半年的时间，买家即赚足了近 400 万元。原来这位神秘的买家在拍卖会淘到这件宝贝后，细心研究，他发现这枚“丛云”印竟与台北“故宫博物院”所藏乾隆御题的《肥猫》画作下的印章一致。后来他又与别处乾隆题签的画作比较，更加印证了这一结论，因而，在半年后的保利春拍中拍出了超高的价格。

虽然我没有这样的“超级捡漏”经历，但是也曾在拍场淘到了一些心仪的科举文献。2017 年，我收到了朋友寄来的北京百衲公司春拍图录。查阅图录，我发现这次春拍有数件难得的科举文献，其中一件《清道光太子太保兵部所发武举人公文》尤引起我的关注。这件道光二十七年（1847）的公文因年代久远，脱色严重，如果不仔细辨认，很难看出它的具体功用。一般说来，各拍卖公司对上拍物品都会做简要介绍，其介绍的内容会在一定程度上影响拍品的价格。但是，由于拍卖公司所拍之物既多且杂，即使由专人“掌眼”，也很难做到面面俱到。正因如此，拍卖会所作的介绍也很为简要：镜心一纸，纸本。拍品完整一张，涉及枣强县武举人，颇为少见。拍品的尺寸为 64cm × 58.5cm。可能这件拍品并未引起拍卖方的重视，属于无底价拍卖，且参考价仅为 1000—2000 元。我透过泛黄的纸张仔细辨认其中字迹，只见上面题道“太子太保兵部尚书兼督察院右都御史直隶总督部堂讷为会试武举事除外，令给该武举亲赍后

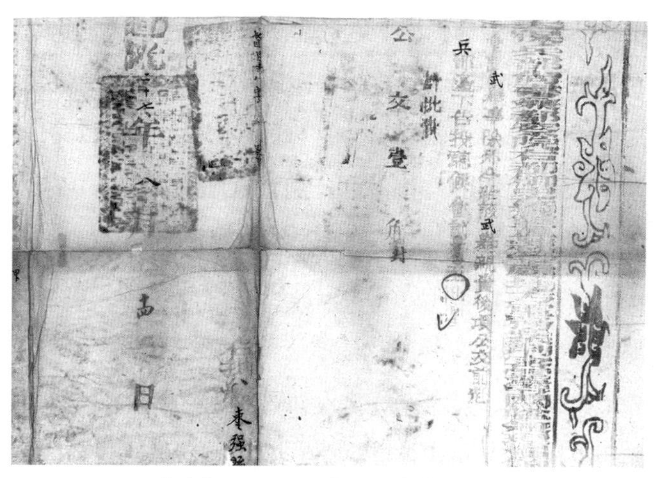

清道光太子太保兵部所发武举人公文

项公文交前赴兵部台下告投，听候会试，须至批者”。此外，这件公文的批给人显示是直隶枣强县武举人王万春。从此两点内容，可以得出三条关键信息：首先，就公文的形式而论，古代的公文多有特定的用法。以“执照”和“信票”为例：执照是官方发给个人收执的公文，与现今使用的执照类似，作为一种凭证而使用。“信票”则多用于官府差使、押解等公事，例如县太爷差使官吏将某某疑犯押送到公堂受审，颁发给吏员的就是这种“信票”，象征着公信力和权威。在公文印刷的形式上，多以“执照”和“信票”二字正中居上作为抬头，正文在抬头的下方，用横线隔开，从右向左、从上到下依次印刷书写。虽然此件道光二十七年的公文没有明显的抬头款式，但是公文中多次出现的“批”字，还是令我想到了清代另一种常见的公文形式“批回”。“批回”属于回执性文书，发给相关人员并携带至指定地点，还要再次验证收回，多用于官府批解官银、盐、布匹等，也常用于科举考试。其次，这件公文是由兵部尚书兼直隶总督批给枣强县武举人王万春的。此人已取得武举人的科名，可以断定他已经顺利通过顺天武乡试的选拔，从武秀才升阶为武举人。按当时西洋人对中国科举考试的看法就是相当于取得了西方大学的硕士学位。再次，此公文的批给时间为道光二十七年八月十四日，结合“批回”公文的特性，可以分析得出此公文的使用时间在秋闱之后，至春闱前的资格审查止，严格来说属于会试的资格审查凭证。这件看似不起眼的公文着实令我欣喜若狂，加之此武举人又系直隶枣强人，属于现在的河北衡水市，更可作为我河北教育文献收藏专题的一件重器。因此，我暗下决心，无论此物拍到多少钱，我也一定要拍下。

此次拍品中我喜欢的另一件拍品为光绪二十九年（1903）布政司颁发的卷票，拍品的提要写道“是书为清光绪二十九年十月布政司颁发温州附生仝松岩卷票一枚”。从该文献内容可知，该文献为布政司颁发的秀才仝松岩的乡试卷票，是该生赴贡院领卷的凭证。该生的籍贯与拍品介绍略有出入，实际上是河南温县籍考生，而非介绍中的“温州”，一字之差已经地跨两省了。河南的贡院是中国科举制度的终结地，因顺天贡院于1900年庚子事变中被毁，因而其后数科会试均移往河南贡院进行。因此，这份1903年河南布政使司颁发的乡试卷票也很珍贵，而其同样也为无底价拍卖，参考价为2000—3000元，性价比超高。

选中标的后，我联系云南的隐堂兄帮我办理了电话委托（一来没有时间去拍场，二来可避免碰到熟人，造成不必要的麻烦）。拍卖当天，我的标的开拍时，已经接近中午。此时也是我认为的最佳拍卖时间，正到饭点，激战一上午的人们可能会有所松懈。果不其然，由于拍卖方并没有对此模糊的图录做详尽的介绍，我便以高出参考价格不多的价格成功“捡漏”，这样的结果令我喜出望外，因为之前我已经提前准备了充足的“弹药”应对这次拍卖了。为了能稳妥顺利地拿到这两件宝贝，我周六上午一大早亲赴北京百衲总部，提走了这两件“重器”。此外，还有一个小插曲，当我拿到河南乡试卷票时，发现此卷票贴在乡试布质卷夹上，其卷夹的正面另有科场避讳。此全套乡试文献远远超过了我的预期，竟成了我的意外收获，毕竟，图录中也只载有单张卷票而已。

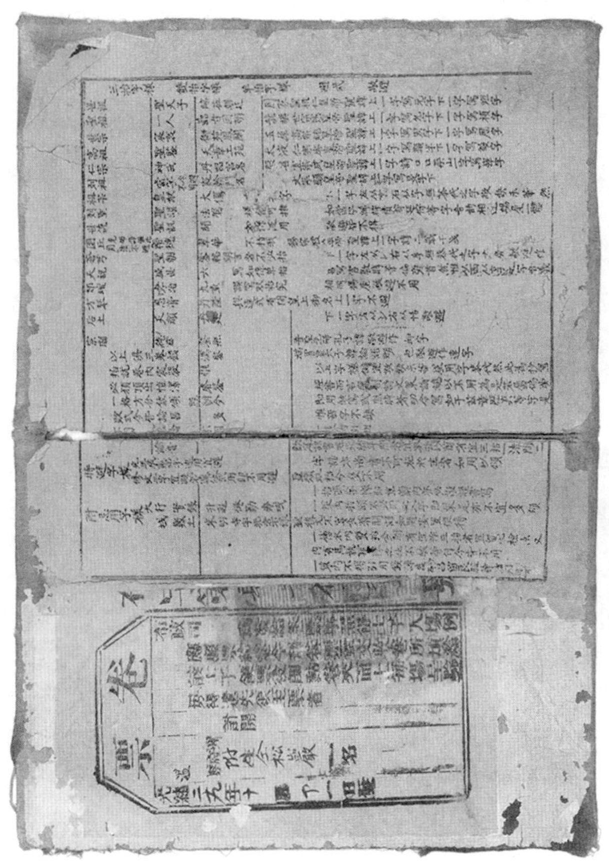

光绪二十九年布政司颁发的温县考生乡试卷夹、卷票

詹事府执照

2016年，我收到供职于北京百衲拍卖公司的隐堂兄寄来的秋季拍卖会图录，粗略翻阅一遍后，我对其中一份名为《清光绪十八年詹事府执照》的拍品颇感兴趣。明清时詹事府是中央的机构之一，在明初即已设立。詹事府为辅导宫中太子的机构，设有詹事一人，正三品；少詹事一人，正四品；府丞二人，正六品。清初时詹事府屡遭裁撤、复置，最初的职能仍为辅导太子，康熙以后不立太子，遂掌经史文章之事。据《清史稿·职官二·詹事府》记载："詹事、少詹事，掌文学侍从。经筵充日讲官。编纂书籍，典试提学，如翰林。并豫秋录大典。"相当于翰林院的辅佐机构，成为翰林官迁转之地。

在我印象中，詹事府执照属于极为稀见的品种，此前只在朋友处见到过一次。从整体上看，该执照尺幅较大，长宽为57.5cm×48cm，印刷精美，制式文字和边框采用蓝色木板印刷，四周呈双龙、祥云环绕图案，另有朱批及詹事府的官印两方。据其内容所载“詹事府为给发执照事，照得本府考取得第一百二十四名供事官程遵尧系　　省顺天府通州人，年十九岁，身中面须相应，给发执照以杜假冒。俟传到之日将原照呈堂验销，以便补额，毋得遗误须至执照者”，可判断此执照为程遵尧通过詹事府的供事官考试后发给的“文凭”。此执照左上角有朱批“销”字，可看出该执照已由程遵尧上交至詹事府，应为詹事府流出的清宫原始档案。此外，执照中记载了程遵尧的三代，而百衲拍卖公司也早已对程遵尧及其相关家族信息做了详细考证：“程遵尧，字绍唐，也写作绍棠，安徽潜山人。京剧名伶程长庚之孙。于同文馆学德文，后为该馆德文副教习、官书局德文翻译委员。时任外务部参事。程长庚妻室庄氏无后嗣，收养两侄，一名程章圃为养子，一名程章瑚为从子。据《潜阳程氏汇谱》，将程长庚名‘闻檄’误成‘闻瀚’，是因为闻瀚之子章瑚承继于他所致。据民国九年（1920）《潜山县志》载，章瑚娶亲生子有四子，有遵尧、经世、经邦三人在世。遵尧以外交部参事兼秘书入县志。”

经查，程长庚（1811—1880）谱名文檄，后又改为闻檄，为安徽潜山县程家井人，是徽班进京领袖、京剧鼻祖。

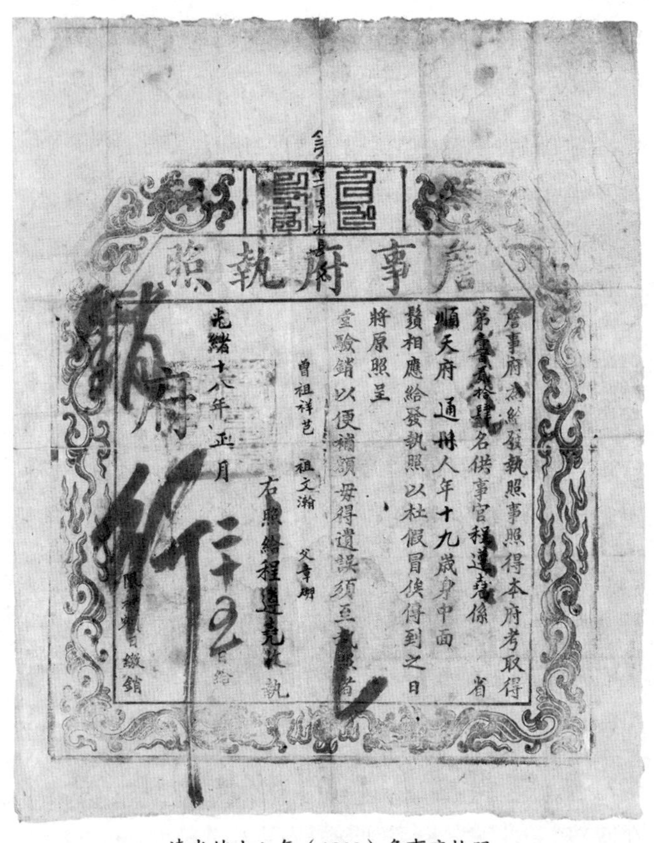

詹事府執照

詹事府為給發執照事照得本府考取得
第壹百貳拾肆名供事官程邁堯係　省
順天府　通州人年十九歲身中面
鬚相應給發執照以杜假冒倖得到之日
將原照呈
堂驗銷以便補頒毋得遺誤須至執照者

曾祖祥芑　祖文瀚　父章瑚

右照給程邁堯收執

光緒十八年正月二十二日給

限　日繳銷

清光绪十八年（1892）詹事府执照

以现代人的眼光看，程遵尧有这样一位声名显赫的祖父，一定很风光，其实不然。正好相反，程长庚非但没有给程遵尧带来荣誉光环，还给程遵尧的仕途之路带来了不少的“麻烦”。在明清时期并非所有人都有资格参加科举考试、入仕为官，只有身家清白之人方能应考。那么“不清白”的人，又是什么样的呢？明清科举制度规定，凡三代之内有娼、优、皂、隶，均不得应考。娼即娼妓，优则为演员、戏子，皂为军中执役之人，隶为官府中的差役。娼妓尚好理解，演员和戏子之列为什么不能参考呢？当时的统治者认为，演员饰演角色往往揣摩至深，可演好人也可扮演坏人，其品行必受影响。在官府的差役，以及军役长期接触品行不端之人，近墨者黑，也属于身家不清白之列。由此看来，程遵尧即属于三代之内有“优”的情况，不能入仕为官。因此，程遵尧在此次詹事府供事官的报名考试中，为了避免惹来事端，特将三代中的祖父仍写为文瀚，即其直系血亲，并未将程文檄列入其中，程遵尧也因此顺利地通过了资格审查程序，并考取了詹事府供事官。然而，麻烦也随之而来，其祖父程长庚的名气甚隆，大家均以为程遵尧为其亲孙，故而有好事的官员上奏朝廷，告发程遵尧违反科举制度的规定，匿报其祖父姓名。结果，程遵尧被当即查办。此事一起，急坏了其父亲程章瑚，他四处奔走，将程遵尧过继给程长庚为子的来龙去脉向当局者呈告，程遵尧才幸免于难。后来程遵尧入读京师同文馆德文班，学习德文，并任七品翻译官。光绪二十四年（1898）程遵尧顺利毕业，并因在总理各国事务衙门主持的考核中成绩优异，按照同文馆毕业生奖励办法被请以知县尽先选用，并加一级职衔。其后，程遵尧活跃于清末民初的外交舞台，长期作为政府的官方德文翻译官接见外国使臣。1904 年德皇威廉二世三子阿达尔伯特王子一行访华，程遵尧随同醇亲王载沣、庆亲王奕劻、外务部会办大臣那桐、外务部尚书瞿鸿禨、外务部右侍郎伍廷芳等共同接待，并留下了难得的史料影像。民国时期，程遵尧继续供职外交部，任北洋政府外交部佥事。

对这张詹事府执照的前期考证工作完毕后，我即着手此次竞拍工作，因拍品的上拍时间恰在周五，只能通过隐堂兄办理电话委托竞拍。此标的虽然参考价为 1.2 万元，且未设起拍价，但是考虑到其兼具科举、名人等因素，且又与京剧鼻祖程长庚有关，很可能会引发一场“混战”。当天拍到此件物品时，时间已经到了中午，我从电话中一路跟拍、竞价，经过多回合的较量，最终以近 4 万元的价格买下。拍卖一结束，即有很多“同好”发来了贺电，连称“好藏”“珍品”。其实，他们并不知晓，为了拿下此件藏品，我几乎消耗了所有的现金，以至于错失了另一件拍品，欣喜的同时我又感无奈。在北京百衲拍卖之后，上海华宇拍卖紧接着上拍了一批科举文献，其中包括科举捷报、试卷等等。其中还有一份我最为喜欢的礼部发给举人参加会试的“结票”，面对此等佳藏，我也只能任其流入他人之手。多年的好友、安徽的老郭同志得知此消息后，戏称“贾兄一定是因詹事府执照而打光了子弹了”，一时令我哭笑不得。

然而，缘分确实是无法言喻的东西。前段时间山东的王兄发来信息，称有一张可能与科举有关的卷票正在出让，看到图片的瞬间，我想起了曾经错失的会试“结票”，而此次友人发来的“结票”比之前错失的那张年份更早，且粘连在考生的布质卷夹中，尤为难得。这样的意外惊喜一扫我几年前的“阴霾”，我打款给友人，让其快递迅疾发来。欣喜之余，还有一个小插曲，平日由山东发来石家庄的快递大多一天半即可收到，这份快递竟然一路南下到了杭州萧山，又从萧山飞往了沈阳，一路天南地北地转悠，足足用了一周多才寄到石家庄，这令我的心悬了很久。或许，这也是好事多磨的真实写照吧。

武举寻踪

武举最早创设于武则天长安二年（702），此前虽屡有拔举勇猛、通晓兵法、排兵布阵的武科人才，但并未设专科。唐代通过武举选拔人才颇见成效，例如名将郭子仪即是武举中的佼佼者。自唐以后，文武科举并进，从未中断，延续上千年。

在科举文献的收藏领域中，最难的恐怕要数武举文献。其原因有多种。其一，武科相较于文科的学额少很多，其流传下来的文献自然会相对较少；其二，唐代之后，虽然文武科并举，但是难免有重文轻武的倾向，且武将多为彪悍的汉子，应试文书即使有留存在手，也会因长期征战奔波而丢失损毁；其三，武科考试程序相较于文科没有那么繁冗，例如笔试一项，武科仅设一场，多为默写武经等内容，而文科则要考上九天三场，故武科相关实物文献的数量也相对较少。当然，除了上述几种可能外，还有很多因素影响着武举文献的存量，不过已经很难具体阐述了。

十年前，曾有一位湖南的书商用电话联系我，称其手中有一套武科举文献，我饱含兴趣地向这位朋友要来图片，待我看到实物图片时，瞬间震惊了。此为云南武乡试外场成绩册，是云南某科武乡试考官现场记录的考生成绩，足足有十多厘米厚，大概数百页。据我了解，国内无论是国家博物馆，或是地方博物馆，亦或是民间藏家，几乎都很少收藏到武科举文献，如此完整的武乡试外场成绩册更是难得一见的珍品。我迫不及待地试探这套文献的价格。卖家的报价虽然很高，但是我亦觉得很值得购买，便答应将此文献买下，因我当时未能凑足全款，便先预付了数万元定金。那位书商见我很痛快地付定金，便同意为我保留着这套武举文书。随后几天，我几乎在抓狂中度过，从父母朋友那里东拼西凑，又以低价处理了几套我的科举文献的副品，才勉强将余款凑足。之后，我立刻联系那位书商，准备将余款打过去，结果书商的一句话令我瞬间崩溃："朋友你好，这套东西不能卖给你了，我的朋友在拍卖会工作，想让我将这套东西送拍，我只能将定金先退还给你了。"听到此处，前些日子心中总在担心的事情还是出现了，夜长梦多这句老话果然应验。我按捺住情绪向他解释道："朋友，你这套东西即使送拍，也不会拍出来多少钱的。这样吧，你如果愿意让给我，我再加你 1 万块钱。”他听了以后，还是坚持要退回定金。我仔细一想，这位朋友可能送拍是假，“惜售”是真，我若再加价可能也很难拿到这套文献，只有放手一搏，来一招“欲擒故纵”。我对他说：“没关系朋友，你把定金退还我吧，这套书价格已经很高了，你不愿意卖，我也不想要了。”随后，他将定金退了回来。庆幸的是，这一“欲擒故纵”的险招还是奏效了，没过几天，这位书商再次联系我，称和家人商量一番，最后还是决定出售给我。于是，这套文献最后还是被我幸运地购买下来。

此套云南武举外场成绩册为捻装合订本，全书 400 多页，由云南的白棉纸制成，色泽亮丽又富有韧性和张力。每页成绩单记录有两位考生的考试信息，两份成绩单之间盖有云南布政司的骑缝关防印。成绩单的上方为考生的信息栏。须要填写的信息包括姓名、年岁、身材、面色、有无胡须，以及家庭住址等。成绩单的下方为武乡试外场成绩实测表，分为头场和二场。其中头场的考试内容为马箭、地毬、步箭；二场则考核开弓、舞刀、掇石。

武乡试中，外场的考试最为严格，从考场用具如刀、弓、举石的规格到评判成绩的标准，都有严格的规定。第

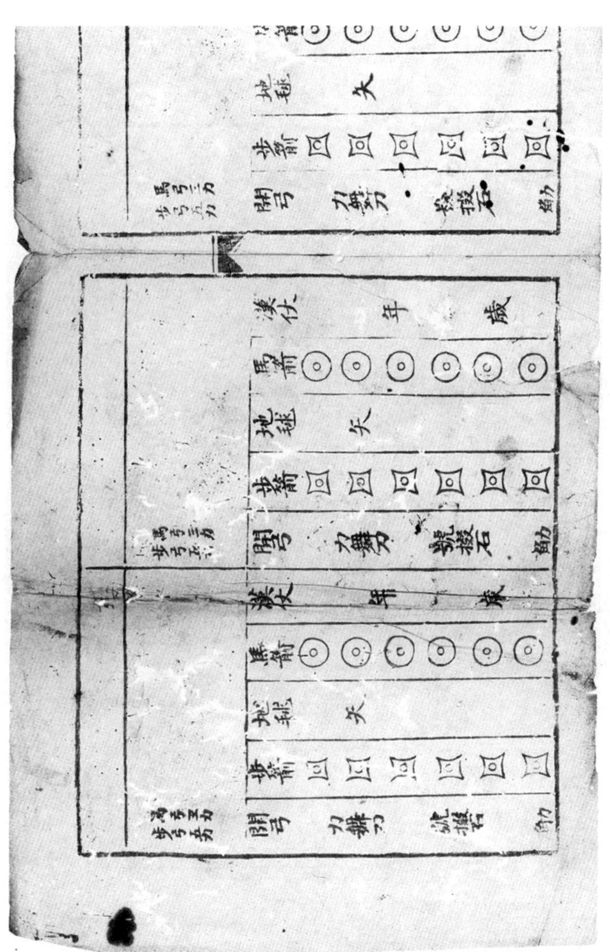

武举外场成绩册（1）

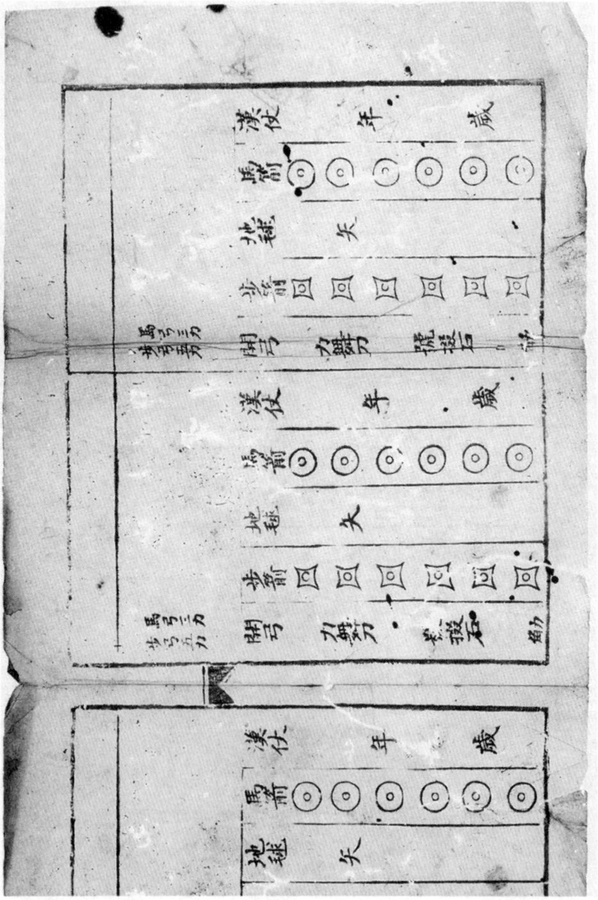

武举外场成绩册（2）

一场先试马箭，马箭所用箭桩高约五尺，圆径如筒形，为一人合抱之度。在马道旁设三个箭靶，每个相距三十五步，考生需要纵马两次发六矢，中三者为合式。地毬为乾隆年之后增设的项目，其形状如斗，直径约两尺，用皮或毡制成。考试时将毬置于马道旁高尺余的土墩平面之上，射中后毬会落在土墩下。倘若射中而毬未落下，则以未射中论。步箭的箭桩则高五尺宽二尺五，最初以三十步为度，连射六矢中二者为合式。其中，马箭所用之弓以三力为下限，十斤为一力。步箭以五力为下限，均不设上限。以上各项考试，如有不合式者不准再试其他项目。第二场首先开硬弓，弓有八力、十力、十二力，超过十二力的弓为出号弓，力量较优者可酌加二三力，最高以十五力为度，应试时弓必须开满；刀有八十斤、一百斤、一百二十斤之分，要求应试者前后胸举刀舞花方为合式；掇石分三等，三号二百斤、二号二百五十斤、头号三百斤，考生须将石头掇离地面一尺，上膝或上胸方为合格。其中又规定，二场中的各项考试，如全用三等考具则为不合式，三项之中必有一二项使用头号、二号等级的刀、石、弓方可。

头场考试和第二场考试均为淘汰制，通过二场考核的考生，则有资格进入第三场，即内场考试。内场考试清初时试以策论，康熙四十八年（1709）改为试论两篇，内容选自《论语》《孟子》，策一篇，考《孙吴司马法》。乾隆二十四年（1759）又改为《武经》论一篇，策一篇。嘉庆十二年（1807）以后，因应试者多不能作文，改为默写《武经》中的一段，百余字。凡是不会书写或者涂抹错乱者判为不合格，即日交卷。实际上，自嘉庆改默写《武经》后，武科内场形同虚设，基本不会影响考生的成绩排名。

此套云南武乡试外场成绩册在我国是第一次发现，是难得一见的武科举实物佳藏。在获得此佳藏后，我又留心搜罗各地武科举文献，陆续又收到了上海、湖南、山西等地的武科外场成绩单及武科内场试卷，这些试卷极大地丰富了我的武科举文献收藏系列。挖掘、整理更多的武科举实物文献对于武科举制度及其运行模式的系统研究，具有非凡的意义。

进学篇

蒙　学

蒙学，又可以称为启蒙、开蒙之学。与现今的教育模式类同，蒙学由学校、教师、学生、课程、经费等诸多教育要素组成。在古代，私塾是开展蒙学教育的主要场所。私塾有多种类型，按照经费来源，可以划分为家塾、家族私塾、乡村私塾等。就性质来看，私塾并非彻底的“私”塾，除了家塾具有明显的“私”塾特征，只服务于本家子弟外，家族私塾、乡村私塾等蒙学机构实质上是带有公益、公立性质的学校。家庭富裕者，设教于家，为家塾，受业者为本家子弟；地方名门望族为本族子弟开设的私塾称为家族私塾；乡村私塾没有特定的受众，乡间子弟凡交纳束脩（学费）者均可来塾肄业，肄业其间者多为贫民子弟，实际上是最早的平民学校。

蒙学的主要教学目标为德育，也为科举考试储备知识。接受蒙学教育的对象为幼童，教学阶段相当于现在的幼儿园、小学阶段。经过蒙学教育的培养，具有了一定的知识储备，幼童即可报考童试，成为童生（分文童和武童）。虽然“幼童”和“童生”仅有一字之差，但是不可并论：其一，“幼童”具有年龄属性，一般为4岁至12岁左右的孩童，而“童生”则代表智识层次，不具有年龄属性。童生的年龄跨度很大，小至七八岁，大到七八十，也就是说，凡是具备童试资格，而未考取生员者，皆称为童生。其二，以所修习内容来讲，幼童为启蒙之学，所修习课业多为辨似字、《三字经》、《百家姓》等入门内容。童生所学为应试之学，所学者四书五经、试帖诗等。其三，二者学习的场所有别，幼童在私塾内肄业，而文童多在书院肄业。其四，幼童在私塾肄业，须按年交纳束脩，而童生在书院读书，不用交纳束脩。其五，师资水平有明显差异。幼童的老师多为秀才，文童的老师多为举人或进士。其六，幼童除了日常作业，并未有大型考试，而童生需要参加书院的考课，按期上交试卷，评定名次，成绩优异名列一、二等者会奖给花红、膏火（奖学金）。由此看出，从幼童到童生，不仅是称谓和身份的改变，更是能力和阅历的提升。

教师是教育的主要组成要素。事实上，“教师”一词，也是经历了一番波折，逐渐演变过来的。在古代，老师被称为木铎、夫子。木铎原为木舌铜质的铃铛，古代各地宣布政教法令时，使人持木铎巡行振鸣，以引起众人注意。后又泛指宣扬教化之意。在古代，“夫”字的运用非常广泛。旧时“夫”广泛指代成年男子，也有对劳役之人的指代，如夫役、伙夫等。在八股文中，“夫”常被用作发语词、助词、代词。“夫子”又被认为年长而又有学问者。如，孔门弟子对孔子的敬称为孔夫子，在《论语·学而》中有这样一段话“子禽问于子贡曰：‘夫子至于是邦也，必闻其政，求之与？抑与之与？’”。后来孔子的名气和教学影响力越来越大，更是被历代帝王尊崇，奉为万世师表。作为儒家思想的头号代表人物，孔夫子逐渐被神化，成为了孔圣人。受孔夫子的影响，“夫子”被看作是老师的代名词，广为沿用。1905 年，科举废除，新学兴起，废私塾，兴学堂，沿用数千年的“夫子”也被抛进了历史的洪流，老师也迎来了专属称谓——教习。辛亥革命后，学堂奉教育部令一律改为学校，教习则改称教员。新中国成立后，“教师”一词取代了教员，被沿用至今。

在清代，私塾先生作为基层的教育工作者，多以秀才充任。秀才在未取得举人身份之前，不能参加礼部的拣选，亦不可分派官职（极少数生员可通过选拔成为岁贡、恩贡等，可不参加乡试，直接入京朝考，分派训导等教职）。而具有举人及以上功名者，多半已参加了拣选，分发了官职，即使未分发官职，因其高级知识分子的身份，亦不屑于担任塾师，自降身价。况且塾师的收入并不高，常有拖欠束脩的情况，难以维持生计。在这样的背景下，塾师就成为了秀才的专属职业。

因无照相技术，古代的私塾教学场景，多以书画的形式流传。清末，随着照相技术的传入，才出现私塾题材的照片，然而留存至今者，实属凤毛麟角。后图 1 为清末江西某私塾的师生合影。照片中师徒三人静立孔子像前，夫子左手持烟斗，右手缩在腰间，颇显拘谨，两名学童各执书卷和作业立于一旁；孔子像旁有对联一副，惜仅可见局部“此静坐”“方读书”字样；院中铺设地毯、书桌，营造了静谧的读书氛围。

聘请夫子到塾讲学，需要向夫子颁发聘书。聘书中需要列明学生姓名、学费、年限等。图 2 为广东某家族私塾聘书。此聘书颇有特色，为目前所见聘书中最为精美者。封面印有精美版画，内刻画福禄寿形象、兰亭阁、书童等，版画上方盖“福禄寿图”四方印戳，象征有福、多寿、仕途亨通。戳下写“正”字，为谦词，正误之意。“正”字在

图 1：私塾师生合影

请柬、聘书、赠礼中运用颇为广泛，亦作“政”。平辈之间用“正”字，如果是由学生写给老师、长辈，则需在“正”前加“呈”字，以示尊敬。

正文抬头“敬请”低格写，目的在于将夫子姓名“家老夫子”顶格写，以示尊敬。“敬请家老夫子戊子年训诲子侄一周”，“一周”在此意为一年，并非现今的一星期。聘书中提到的束脩，即私塾学生交纳的学费。相比于现在的学费而言，古代的学费意义更为广泛，也更加人性化。意义广泛指的是交纳的束脩可以是金钱，也可以是米面等粮食；人性化体现在私塾的学费并无统一的标准，而是按照学生的家境，量力而为。家中经济殷实者可以多交学费，家中贫困者可以按照实际情况交纳少量的学银，甚至可以用粮食抵作学费。

这份聘书中罗列的束脩名目，对该件文献的断代，起到了关键的作用。据聘书所载，学生交纳的学费以洋蚨为单位，洋蚨即洋钱。清代姚衡（1801—1850）所著《寒秀草堂笔记》卷四曾语："因以随行铜雀瓦砚易之，不允，增洋蚨四枚而后可。"1840 年鸦片战争后，开放五口通商，广州对外通商的业务量增大，洋钱大量流入，洋蚨成为当时的主要流通货币之一。又因聘书为戊子年颁发，即可确定此聘书的年份为 1888 年。

私塾字帖是蒙学必备之物，相当于现在的练字本。与现今内容丰富、字体多变的练习模板不同，古代的私塾字帖的唯一笔体为楷体，形式也比较单一。字帖印版即是私塾印刷字帖的模板，质地为木质，上方有孔，穿绳挂于墙壁。印版正文共 6 行，每行 6 字格，内容如下：

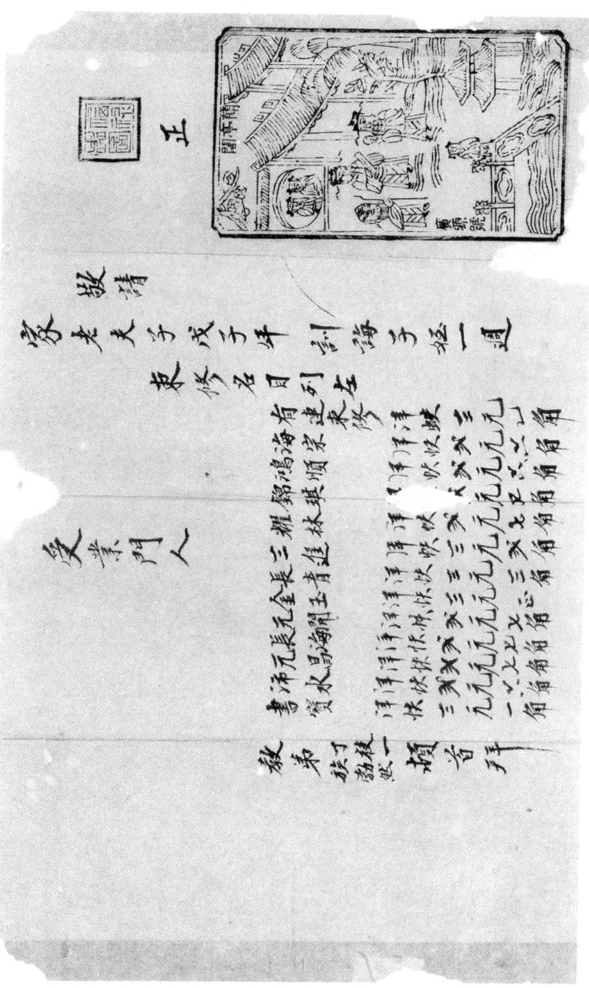

图 2：私塾先生聘书（广东）

上大人孔乙己化三千七十士尔小生八九子佳作仁可知礼也学生　　习字一副呈正

其大意为：伟大的孔子，以一己之力，教育了三千七十名有才干的人，众弟子中共七十二门生最为贤德知礼；学生　　习字一副，呈先生正误。

在实际抄写诵读中，字帖并不严格按照实际意思点钩标点、停顿，而以三字为一句，朗朗上口，便于诵读，加之笔画简单，便于练习书写，在蒙学中广泛使用。鲁迅先生曾于1919年4月《新青年》第6卷第4号刊载了一篇名为《孔乙己》的白话文小说，文中形象刻画了高龄文童孔乙己被封建思想毒害，思想迂腐不堪，生活穷困潦倒，常常被人戏谑的人物形象。《孔乙己》曾入选中学语文课本，知名度颇高，只是多数人并不知道，鲁迅先生选取孔乙己作为主人公，是别有一番深意的。其一，"上大人孔乙己"等语是清代每个读书人从小诵读的经典，耳熟能详，用其有利于引起读者关注。其二，孔乙己混到花白胡须，也未能进学（考取秀才，进入官学读书），最能代表清代科举时期士子的艰辛之路。文中这样描述："听人家背地里谈论，孔乙己原来也读过书，但终于没有进学，又不会营生，于是愈过愈穷，弄到将要讨饭了。”其三，“孔乙己”之“孔”为孔圣人，而小说中主人公孔乙己是科场不得意、生活窘迫、时常被人嘲弄的小角色，二者天壤之别，这样能增强小说的讽刺意味。

私塾黑板

注：私塾所用黑板由青石制成，四周镶框，边角以铜包角，框上方镶把手，可悬挂于墙壁。

私塾文具盒（展开）

注：古代的文具盒，堪称多功能型文具，纯手工制造。文具盒分为四个区域，每个区域由抽拉板构成。最上方格子放置毛笔，下方格子可放置砚台、墨、印章等，颇为实用。

私塾的教学方法已经具备相当的水平，只识字而言，就有猜字法、辨似法、认字法、组词法等。肄业本中所写纵列，皆为近似字，在近似字一旁加注小字，或为阐释，或为词组，在识字的基础上，阐述该字的含义及引申义。有趣的是，巫家森家塾学生广昌美在其肄业本中还记录了其父平日对他的教导语："嘱吾儿出外时为人切莫讨便宜，逢桥下须防马失，过渡还钱少是非。"这三句话类似于现今父母常对我们所说的，出门少惹事、注意交通安全、欠钱及时还钱。我们中华民族的文化传统就是在父母的谆谆教诲中传承下来的，真是可怜天下父母心。在肄业本封尾，则写了一首诗："万峰回绕一峰深，到此常修苦人心（后改苦行人）。自扫雪中归鹿迹，天明恐有猎人寻。"从该诗中可以看出经过蒙学的长年修习，广昌美已经积累了大量的知识，出口即可成章。诗文前两句以科举生涯作比喻，万峰代表世间万千的学子，"一峰深"比喻万千人中只有一人可以高中状元，"到此常修苦行人"来表达科举仕途的艰难困苦。诗文后两句则展现了一名幼童的仁爱之心，在雪中扫除鹿的脚印，怕猎人寻到予以伤害。该诗文反映了学童经过蒙学教育，已经具有了一定的知识储备，练就了坚韧的心理素质并做好了迎接科举考试的准备，更是发展成为了一名道德品质高尚的优秀少年。

我国古代文字博大精深，字与字形态相近者甚多。幼童进行辨别形态接近字体的学习即为辨似字。辨似教学，从形、音、义等方面着手，引以现实生活中的实例、经典、同义词加以阐述说明。我国文字的发展大体是由简至繁、由繁至简的过程。说起文字的简化，我联想到了一则“趣事”。在2016年央视拍摄的纪录片《先生》中，有一集专讲胡适先生，纪录片片头有一段央视关于胡适先生在民间的知名度调查。或老或少，或高校学子，或商贩游客，在调查的诸多人当中，竟有百分之九十以上对胡适无所知晓，这样的调查结果让笔者颇为震惊，于是，笔者亲自在校内择数名师生设问调查，于是便有了这样的一段对话。问：“你认识胡适么？”答：“什么？”问：“你知道胡适么？”沉默片时，答：“大盘鸡么？”胡适先生作为新文化运动的领袖，在美读博期间以一篇《文学改良刍议》向旧文学宣战，成就了现今仍在使用的白话文，然而百年已过，胡适先生在民间的知名度却远低于某大盘鸡的知名度了。同样的，科举制度自1905年废除至今也已逾百年，科举研究亦成为了一门“高冷”的专门学科，民间知之者更少，思来愈觉不是滋味。

童　礼

清《福惠全书》第25卷之“教养部总论”部分有言：“夫古者州县之长，莫不以教养为先，而催科次之，刑罚又次之。盖民无以教则不知孝悌礼义，而犯上作乱之事，无所不为。民无以养则不能仰事俯育，而流离转徙之忧，势必难免。”可以看出，古人在社会治理方面是拥有大智慧的，“教养先行”即是其中的核心思想。古人之教育，始于蒙学阶段，而在蒙学阶段的教育中，又以“礼仪”为核心文化。在“礼仪”蒙学教育方面，清初扬州的石成金就是其中的一位代表人物。石成金（1660—？）为清代医学家、教育家，字天基，号惺斋、觉道人、良觉居士，出身于扬州望族，康熙四十五年（1706）进士，一生著述颇多，流传最广者有《传家宝》《养生镜》《时习编》等。《童礼知要》是其早期蒙学礼仪教育的代表作，刊于清初康熙年间。该书自序中提到：“礼者，乃天理之节文，人心之懿范也。今人生子率以姑息为恩，当童幼之年，举止语默便无检束，及其既长，则骄慢性成，何怪其放纵悖逆哉！昔浙江按察司学校副使屠公讳羲英，著《童子礼》一书，语本《曲礼》《少仪》《弟子职》诸篇而演述，诚幼学之津梁也。”可见古人不但意识到礼的重要性，且早已将礼作为幼学之根基。而古人的“礼仪教育”包括哪些方面？木铎堂所藏的《童礼知要》可在一定程度上还原古人“礼仪”教育的细节。

清 晨

十岁以上的童子，清晨必先于父母起床。首先洗面，在洗面时水不能溅湿身上衣物。穿戴衣服时须整齐、不能偏斜，且衣服上如有污垢、破洞必先洗补。待洗漱完毕，穿戴整齐之后，学童要至父母堂前作揖、礼拜。行礼时左手握右手大拇指，右手四指平直，开足立稳，直膝曲身低头。先作揖，稍退再作揖，后双手伏地，先跪左足，次曲右足，顿首至地即起，先起右足，以双手齐按膝上，次起左足，仍作揖而后拜。此要求动作略缓，不可急迫。学童凡见父兄师长，行四拜礼，平辈皆为两拜。

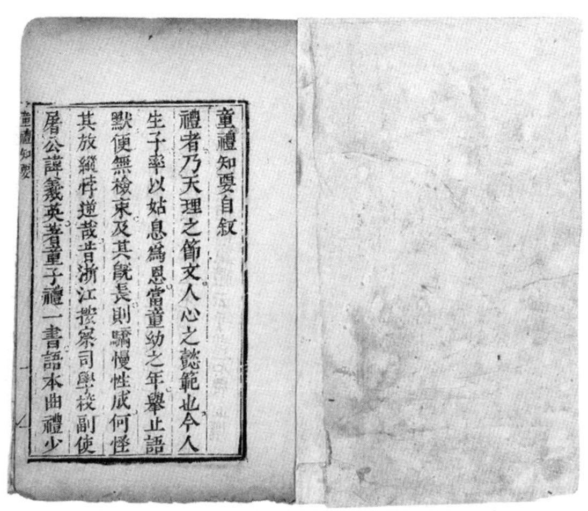

童禮知要自敘

禮者乃天理之節文人心之懿範也今人生子率以姑息爲恩當童幼之年舉止語默便無檢束及其旣長則驕慢性成何怪其放縱悖逆哉昔浙江按察司學校副使屠公諱羲英著童子禮一書語本曲禮少

童禮知要

《童礼知要》（1）

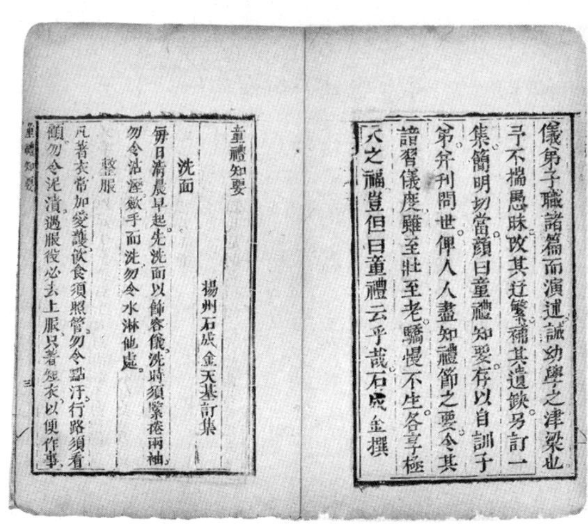

儀弟子職諸篇而演述誠幼學之津梁也予不揣愚昧改其迂繁補其遺缺另訂一集簡明切當顏曰童禮知要存以自訓子弟并刊問世俾人人盡知禮節之要令其諳習儀度雖至壯至老驕慢不生各享極大之福豈但曰童禮云乎哉石成金撰

童禮知要

揚州石成金天基訂集

洗面

每日淸晨早起先洗面以飾容儀洗時須緊捲兩袖勿令沾溼歛手而洗勿令水淋他處

整服

凡著衣常加愛護飮食須照管勿令點汙行路須看顧勿令泥漬遇服役必去上服只著短衣以便作事

《童礼知要》（2）

上　学

待进出家门时，须听尊长之令而进退。进时低头鞠躬，从一侧退出，不能背向尊长。凡在路上遇到尊长，则趋近作揖，言则对，命之退则作揖而别。尊长有事，不必待其明令而行，也是通常我们所说的有眼力见。

学童在私塾肄业时，如遇不懂之处，须先咨询年长的同学。如年长的同学也不知晓，才可继问其师。请教夫子问题时，须整衣敛容离席，向夫子发问“学生有某事未明/某事未通，敢请先生有答”，问毕后学童须倾耳听受，待夫子答毕后归回原位。学生到私塾后首先要拜孔子，再拜老师，放学时亦然。除此之外，每逢初一、十五，众人须在夫子的带领下至孔子像前行焚香祭孔之典，以示尊崇。学童在私塾应端身正坐，书籍笔砚有序摆放，不得随意乱翻。借人书、物须记得及时归还，更不可遗失。凡夫子有客人至，则按次序站立，待夫子与宾客礼毕，学生再向宾客作揖，客退仍作揖送之。学童读书之时，须整容定志，看字断句慢读，须字字分晓，必诵读而记于心，常温习而不忘。写字时要专心握笔，字画严整，不可怠惰潦草、涂改。研墨放笔不可有声，不可溅出墨汁，在砚台或桌几上写字尤为禁忌。

用 餐

吃饭夹菜时，童子须起身，不可将菜肴拨乱，咀嚼不能出声，不能贪食，不可饮酒。向尊长进献食物时，必先擦拭餐桌，双手捧食具，食具必洁净，肴蔬必序列，视尊长所嗜好而频食者，移近其前。

放 学

回到家后，童子须清扫房屋，洒水、除尘，保持地面整洁。夏天时为父母挥扇，以去炎暑、驱逐蚊蝇。冬天则要体查父母衣裘之厚薄、炉火之多寡，使父母不为风寒所侵。黄昏父母将寝时则整理床铺，下帐闭户。

此外，在日常生活中跪、立、行走、言语等方面均有定规。例如，跪时要低头拱手，稳下双膝，背稍曲以致恭敬；站立之时，当拱手正身，双足并立，不得歪斜、倚靠墙壁；坐时又要定身端坐，敛足拱手，不得前仰后斜，倚靠桌几；行走之时双手笼于袖内，缓步徐行，不可大步、摇摆。一般来说，童子平日当常缄口静默，不得轻言。凡有所言，其声音须声气低悄，不得喧哗。所言之事，必须真实有据，不得评论他人长短。当父母训诫或夫子讲授课文时须敬听，集中精神，耳目专一。当父母或师长呼其名时或回答其问题时，回应不可迟缓，亦不可坐，嘴中不可有食物，如果身在远处，则须离近对答。坐于尊长旁，则须察言观色，敬听言论，尊长与他人言语则避身于他所。随行于尊长后，不可远离，遇友人则作揖而已，不可舍离尊长与他人言语。

古人历来有“敬惜字纸”的文化传统。在古人看来，文字的创造是一件非凡的事情，象征着文明，更是阐释万物造化的途径。因此，凡是写有字的纸张，皆不许胡乱丢弃，随意糟蹋。不仅如此，古人还将字纸看作神明圣人造化之物，认为“只字遗书皆属圣贤名讳”“下笔若有神鉴，句语宜戒轻浮”“半点惜若金玉，一笔重若珍珠”。民间常流传《魁斗星君敬惜字纸文》《文昌帝敬惜字纸》等劝诫文，提醒人们敬惜字纸。在某种程度上，古人敬惜字纸甚至达到了痴迷的地步。民间设有敬惜字纸的堂会，出钱雇人在大街小巷拾取字纸，受雇者身背竹笠，左手摇铜铃，右手持铁夹，到处拾字纸，焚烧后深埋并立碑，名曰“字冢”。或由专人将收集到的字纸投入河海之中，让其随波而去。

古人关于“童礼”的繁文缛节，虽然在很多方面颇为苛刻，但是其中的一些“尊长”“知礼”观念，以及良好的坐立、学习习惯等却是中华民族的文化瑰宝，值得传承下去。

助　学

在古代，登科及第、金榜题名是每个士子毕生追求的“事业”和最高荣耀。然而，漫长的应考生涯及不菲的考费往往使考生在精神和财力上难以招架，他们在还未踏入考场前即已身心俱疲。因此，为了分担考生的压力，增加考生得中的概率，全族乃至全邑往往会倾注全力。从另一层面说，古代社会各阶层对科举仕途狂热追求，考生出仕之后能为家族带来无上荣耀，家庭地位显著改变，这些都驱使着家族和邑民形成“合力”，不惜成本地为考生提供各种优待服务，为科场助力。

从组织形式和实施办法来看，家族助学的模式最为完备，且以宗族公祠为范围，形成了诸如“堂会”的专门助学组织。宗祠或堂会的组织目的明确，一则“敬宗收族”，二则“崇文敬士”，吸收全族的捐金，或办试馆以收纳子弟，为科举考试提供便利，或汇存生息，以资子弟科举之金。

“会规”的助学金领用办法也颇为详明，其奖助范围从文科到武科，从童试到乡、会试等等，一应俱全。例如木铎堂所藏《杨昌远堂会簿》中规定：“各子孙有应文武童试者俱由此会给卷金三大员，但必有名过院试者方得领取。又拨出双造书田数亩，以为新旧在庠者同作膏火之费，俾得奖励人才。如已中乡榜正副及出贡出仕，并其人溘露者俱不得均沾。生监应南北乡试卷金银五两正，优拔贡生进京卷金银五两，举人会试程仪银二十大员。”又如木铎堂所藏光绪六年（1880）《刘恬公祠册》记载：“祠中公议附录条规，酌定士子花红、程仪等项，亦系鼓励人材之至意，尚望显达者饮水思源，各存跪乳反哺之心，以报效于万一，则吾辈所深愿也夫！”又规定“文武童生府试给钱四百文，院试给钱百文，重名顶替不给，节礼不给”“文武南北乡试给程仪钱四千文，贡监同”“文武举人会试给程仪四千文，但文举会试有贽见座师及修同年谱、团拜等费，初次进京者另加钱四千文，武举初次进京会试者无贽见座师等费，公议不给”。

木铎堂所藏《歙邑同人捐建金陵试馆倡议书》则见证了歙县全邑公同助学的盛事。如：

敬启者，吾歙文风素盛，迩年多大科先甲之登，金陵考寓渐昂，寒士有措费呼庚之苦。前于同治己巳年间同人公议创建歙县试馆，曾集资购地于贡院对河。基址既宽，工费较巨。虽经刻启，未及广捐。至今已逾三科，斯地未覆片瓦。在省亲见僦居之状，心有难安。明岁又逢大比之年，役宜速举……凡我同乡诸君子，急公好义，夙敦桑梓情怀，读书发科各有芝兰子弟，必闻是举而乐助用，具公启以奉商，敦请解囊并劳鼎力捐赀……俾匠人不日完工，庶几托庇欢颜，庆乡士登云有路。谨启。歙邑同人公具。

文中“歙邑文风素盛”所言非虚，清代乾隆、嘉庆年间，歙县即出了两位状元，分别为乾隆三十七年（1772）的金榜（金榜的名字着实令人震撼，真配得上“金榜状元”）和嘉庆十四年（1809）的洪莹。由歙邑同人共同倡建的试馆设在江南贡院对河，房屋百间，颇具规模。江南贡院是清代最大的乡试考场，容纳考生号舍两万余间。因此，试馆的创建对于歙县的考生来说犹如雪中送炭，堪称一大福利。

家族试馆作为接待本族子弟应试的场所，也有严格的制度规定。例如木铎堂所藏光绪十五年（1889）《袁郡谢公

敬啟者吾歙文風素盛邇年多大科先甲
之登金陵考寓漸昂寒士有措費呼庚之
苦前於同治己巳年閒同人公議創建歙
縣試館曾集資購地於貢院對河基址既
寬工費較鉅雖經刻啟未及廣捐至今已
逾三科斯地未覆片瓦在省親見慨居之
狀心有難安明歲又逢大比之年役宜速
舉因而勉效棉力各出薪資擬就斯基卽
謀經始第爲山非一簣可竟大厦非一木
能爲凡我
同鄉諸君子急公好義夙敦桑梓情懷讀
書發科各有芝蘭子弟必聞是舉而樂助
用具公啟以奉商敦請解囊並勞鼎力捐
貲自一金以上亦列芳名搆舍約百閒之
成全憑鉅款多多益善更取給於歲修源
源而來待先定乎館舍所願輸將踴躍俾
匠人不日完工庶幾託庇歡顏慶鄉士登
雲有路謹啟

歙邑同人公具

《歙邑同人捐建金陵试馆倡议书》

祠牌位册》记录了江西袁郡谢氏公祠关于为本族子弟修建的“青云试馆”的系列规条：

> 生童考试宜禁聚赌，免致破财滋事，违者公议处罚扣给卷资。倘敢强抗，毋许寓居祠馆。文武生童所寓房间不拘左右，其饭食均听自便。但武童习练概归右边横屋，庶免以动制静。祠馆原系各公捐金建立，除本祠士子应试安寓外，一切外族人等均不得勾引寓居，违者重罚。文武生童以及本族来往在祠安寓者，饭食均系守祠人办理，每餐给米半升，火钱三文，菜酒被席自备，毋得增减，以坏成规。轿子车夫不得在祠安寓饭食，如挑车系本族之人方与应试者一体照给。祭祀考试则族众人繁，凡物各有主，倘人遗失，拾即送还，毋许藏匿……

宗祠中应试的子弟繁多，为了便于辨认，会给本族子弟印发“优待执照”，作为入馆安寓的凭证。木铎堂收藏有一份湖南黄氏公祠发给本宗祠子弟的“大比优待执照”，此执照长宽 25cm×10cm，黄底黑字，由木版印刷而成，空白未填。该执照内容如下：

湖南省　　府　　州县　　生黄　　，号　　，居　　系　　公裔，曾祖　　、祖　　、父　　。大比年凡来省观光者，各带执照一张投验。有由水道者，祠着人挑接行李；由陆道者，祠给力钱六十文。若无执照，不独不给力钱，且祠不准居，以杜混居情弊。至小试内外府难以划一，不能照样，亦各带执照方准居祠。须至执照者。

大比又称大考，是乡试的别称，凡持有湖南黄氏宗祠发给的优待执照的本族考生，分水、陆交通来者，可分别包办行李和力钱，又可在祠安寓备考，这样的照顾可谓妥当周全。

木铎堂所藏家族助学类文献颇丰，其中不乏一些颇具特色的实物文献。多年前我在拍场买到的一巨册福建《汀州府崇德祠账本》就记载了自光绪二年（1876）至民国十四年（1925）间宗祠对子弟的助学记录，几十年间不曾中断，包括袁世凯称帝时短暂存在的“洪宪元年”，也记录在其中，该账本为家族助学的研究提供了丰富的第一手材料。例如，在光绪二年中曾记载“一议文武童生县试一位，发钱一百

執照

湖南省　府　州縣　生黃　號　居　係
公裔　曾祖　祖　父
大比年凡來省觀光者各帶執照一張投驗有由水道者祠着
人挑接行李由陸道者祠給力錢陸拾文若無執照不獨不給
力錢且祠不准居以杜混居情弊至小試內外府難以劃一不
能照樣亦各帶執照方准居祠須至執照者

湖南省黄氏宗祠乡试优待执照

文”“府试每位发钱四百文”“院试每位发钱四百文”“进文武泮者贴花红贺仪钱十千文”“生员科试、岁试发钱四百文”“生员乡试给钱一千二百文”“补廪贴钱五千文”。我在拿到该书后，曾在藏友圈中贴图交流，江西的老友宋兄得知后，竟然翻出一套更为完整的家族宗祠账本，共5册，记载了从乾隆至民国年间的家族奖学信息，用他的话说就是“记载科举家族奖学信息无数”。很快，有人表示愿意高价收购，但是宋兄却明言道：“此套书经贾兄提示才得以发现其价值，因此，即使别人的价格再高，我也定要惠让于贾兄。”宋兄美意令我十分感动，于是我又很幸运地以相当合适的价格将其收入囊中，它成为了木铎堂科举文献收藏中的一件“重器”。

家族助学和邑民捐资助学之举，弥补了科举考试当中诸如“棚规银”等方面的弊端，使得贫寒的士子得以缓解精神和财力的双重压力，有机会登上仕途的阶梯。发动社会力量来捐资助学本身是一种很好的劝学形式，这为当下吸收社会力量发展教育提供了很好的借鉴。

《汀州府崇德祠账本》（局部）

学　规

我的一位师友，《天津日报》高级编辑罗文华先生曾在微信朋友圈中写道“学习好的中学生，上到大学就足够了；学习不好的中学生，至少要读到博士才能出来混”，很不幸，我即是罗先生口中的“学习不好的学生”。

2019年，身为两个孩子的父亲，考虑再三后，我决定“回炉深造”，很幸运地考入河北医科大学医学教育专业，攻读西方医学教育史。平心而论，我对中国教育史尚有些“功底”，但是对西方医学教育史则不甚了解，很是要费一番工夫。西方医学教育史是一门交叉学科，西医学、历史学、教育学，等等，均有涉及。我在研究西方中世纪大学这段历史的过程中，对“大学”的产生和发展有了更深刻的了解。最早的“大学”，属于学者“行会”，例如，有以教师行会为主体的巴黎大学，又有以学生行会为主体的博洛尼亚大学。最初的大学一般由文学院、法学院、神学院和医学院组成，而文学院又以研究艺术、文法、修辞等为主，相当于大学的预科，只有文学院毕业后，才可攻读更为高级的法学院、医学院和神学院。

在欧洲中世纪大学组织形成时期，遥远的东方帝国——中国的科举制度已经运行了五六百年之久，并已相当成熟，中国也已形成了官学、私学并举的“学校”制度。从本质上看，西方的大学与中国的学校还是存在着很大的差异。例如，欧洲的大学产生之时，并无固定的“校址”，“大学”之名只代表了学者的行会组织，属于流动教学，不存在大量的“固定资产”。因此，欧洲中世纪的大学多在“迁徙”中办学，甚至一些著名的大学如博洛尼亚大学，将迁校作为与教皇、市政谈判的重要筹码。反观同时期中国的学校制度，“学校”则专指“官学”。而事实上，中国古代的“学校”与当下我们认为的学校属于两个概念。清代官学虽有学校之名，却并无教学之实，并非深造学术之所。清代的中央“太学”国子监，也从宋初的读书讲学之中央学府，沦为捐纳“监生”以图乡试之资或谋官之用的机构。清代国子监并不讲学，对学生既无奖励惩戒，亦不考试授官，形同虚设，入学者寥寥无几。中央“太学”尚且如此，地方的官学（学校）更是可想而知。因此，凡进学之各府、州、县学生员，多在书院肄业，甚至在家自学。

诚然，古代的官学并非“无为而治”，对所属学生会进行定期考核和行为约束，这也是“学校”的两大基本功能。首先，各府、州、县学的官学生要参加月课、季考、正课、副课等多种名目的考试。考试内容为四书文，兼考策论。考毕评定名次，以超等、特等为最优，后依次为一等、二等、三等、四等，四等及以下者甚少。一般由学官当场出题、发卷，即日交卷。因各地在学生员相对较少，故阅卷的工作量较小，一般当场阅卷，评定名次。

现在，我们的大学均设有奖学金制度，或国家级，或校级。事实上，我国古代即已设立了相对完备的奖学金制度。古代的奖学金称为“膏火”，也有“笔资”“花红”等名称。生员考试名列前茅者即奖给膏火。一般凡获奖之试卷，皆会在试卷封面标注奖励的笔资或膏火数目，学生可凭试卷领取奖学金。待学生凭卷领讫膏火后，于卷面盖已领讫红戳，或按压手印为凭。更简便者，可凭借考试入场时贴于卷面的“浮票”，即准考证领取膏火的。亦或单独发给“膏火票”，注明姓名、年岁、面貌等信息，形式不一。

各府、州、县学生员除日常的月课、季课外，还要统一参加由本省学政主持的岁考和科考，三年两考。学政到

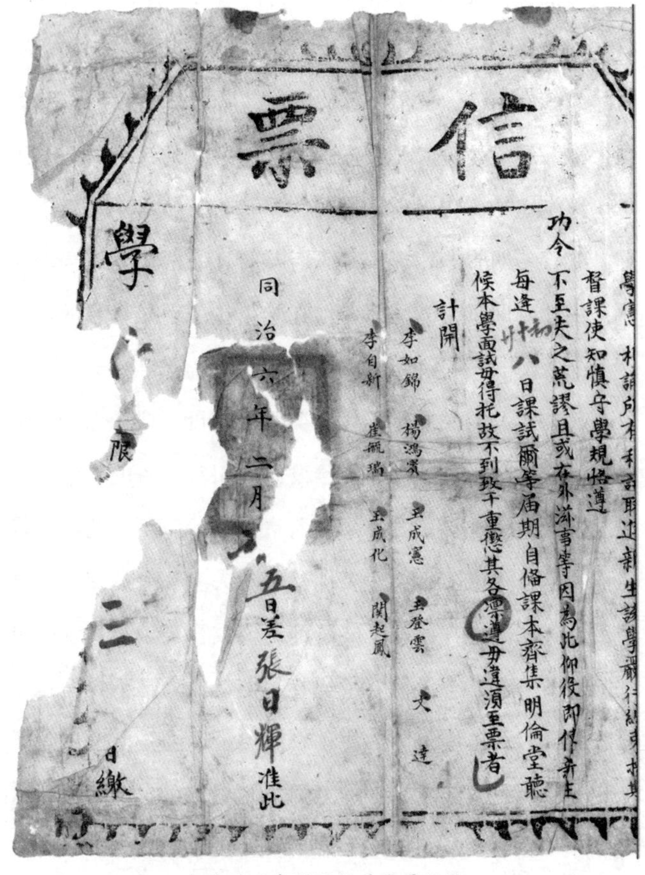
信票

學憲札諭所有科試取進新生該學嚴行約束拘其
督課使知慎守學規恪遵
功令不至失之荒謬且或在外滋事等因爲此仰役即付新生
每逢初八/廿八日課試爾等届期自備課本齊集明倫堂聽
候本學面試毋得托故不到致干重懲其各凛遵毋違須至票者

計開
李如錦　楊鴻賓　王成憲　王登雲　文達
李自新　崔毓瑞　王成化　閔起鳳

同治六年二月　五日差　張日輝　准此

學　限　三　日繳

太平县正堂月课新进生员信票

任第一年所主持的为岁考，第二年为科考。其中科考对于生员来说尤为重要，为取得乡试资格之考试。而岁考主要是为取进新生、生员补廪及考核生员学风。

“学风”考核的结果，依旧有严明的奖惩制度。根据考试的结果，行六等黜陟（进退升降）法。其阅卷评判标准颇为繁琐，如文理平通者列为一等，文理亦通者列为二等，文理略通者列为三等，文理有疵者列为四等，文理荒谬者列为五等，文理不通者列为六等。生员分为廪生、增生、附生、青衣、发社。考列一等者，可升为廪膳生，由官府发给廪银。青衣、发社则为考试劣等者降级的处分。生员的服装定例为蓝袍，而被降级为青衣者则须要改穿青衫，故曰青衣。而由县学降级到乡社学者，则称为发社。

生员六等黜陟法的具体实施细则如下：

> 考一等者，廪生、增广生停（廪）降者收复（撤销处罚），增、附、青衣、发社俱补廪；无廪缺时，附生、青衣、发社补增广生（名额与廪生同，不发廪银）；无增缺时，青衣、发社复附生，仍各候廪。考列二等者，廪生停廪、廪降增者复廪；增降附者复增、增补廪，附、青、社补增；无增缺，青、社复附。考列三

等者，廪生停廪者收复候廪，降增者不许复，增降附者收复，青、社复附。考列四等者，廪免责停饩（补贴），增、附、青、社俱责，不许参加科考（失去选拔参加乡试的机会），遇乡试年只准录遗（最后一次选拔，从科试和录科考试落选者和补考生员中收考一次，得中准予参加乡试）。考五等者，廪生停廪，原停廪者降增，增降附，附降青衣、不许录遗；青衣降发社，发社者黜为民。考六等者，廪生入学十年以上与入学未满六年者发社，廪六年以上与增十年以上者充吏，余黜为民。

此类黜陟法颇为繁琐，在制度实际运行当中并未如此严苛，考列四等及以下者甚少，很难见到。

除官学的考课制度外，生员还要遵守一定的学规。以顺治九年（1652）颁布的学规为例，其内容大致如下：

钦奉圣旨颁发卧碑晓示生员，免其丁粮，厚以廪膳，设学院、学道、学官以教之。各衙门官以礼相待，全要养成贤才，以供朝廷之用。诸生皆当上报国恩，下立人品。所有教条开列于后。

一、生员之家，父母贤智者，子当受教；父母愚鲁，或有非为者，子既读书明理，当再三恳告，使父母不陷于危亡。

二、生员立志当学为忠臣清官，书史所载，忠清事迹，务须互相讲究，凡利国爱民之事，更宜留心。

三、生员居心忠厚正直，读书方有实用，出仕必作良吏，若心术邪刻，读书必无成就，为官必取祸患，行害人之事者往往自杀其身，常宜思省。

四、生员不可干求官长，交结势要，希图进身。若果心善德全，上天知之，必加以福。

五、生员当爱身忍性，凡有司官衙门不可轻入。即有切己之事，止许家人代告，不许干预他人词讼，他人亦不许牵连生员作证。

六、为学当尊敬先生，若讲说皆须诚心听受，如有未明，从容再问，毋妄行辩难。为师者亦当尽心教训，勿致怠惰。

七、军民一切利病，不许生员上书陈言。如有一言建白，以违制论，黜革治罪。

八、生员不许纠党多人，立盟结社，把持官府，武断乡曲。所作文字，不许妄行刊刻，违者听提调官治罪。

从总体来说，中国古代的官学和类似书院的私学，其各有分工。官学（即“学校”）主要负责对学生的管理、督察；私学则统揽现代意义上的学术教学、教育工作。此种官办、私立院校共存的特点也富有一定的借鉴价值。

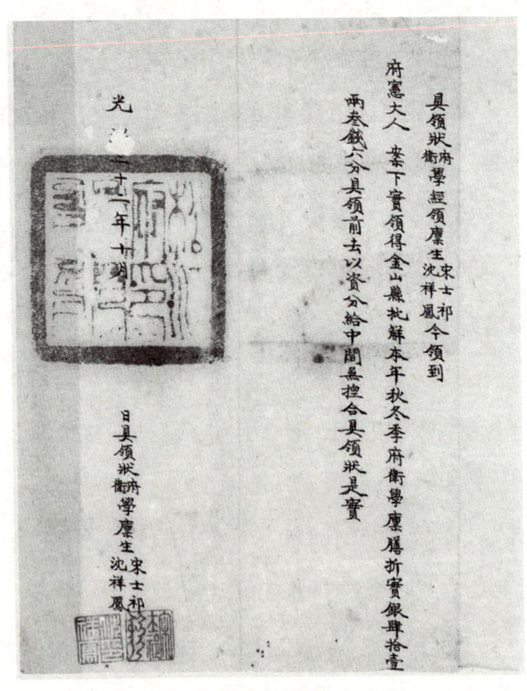
具領狀府衙學經領廩生宋士祁沈祥鳳今領到
府憲大人　案下實領得金山縣批解本年秋冬季府衙學廩膳折實銀肆拾壹
兩叁錢六分具領前去以資分給中間無捏合具領狀是實
光緒二十一年十一月　日具領狀府衙學廩生宋士祁沈祥鳳

廪膳生领状

黉宫说

数年前朋友给我发来消息，称其藏有一份清代皇宫舞生执照，不过售卖的价格很高。我听闻之后异常感兴趣，虽知“乐舞生”是文庙春秋祭典的执事生，但是像朋友口中所言的“皇宫舞生”还是头一次听到。我当即请求朋友发来照片，以供进一步商谈。很快我看到了这张“皇宫舞生”执照，原来朋友所说的皇宫实为黉（hóng）宫，即古代的文庙、孔庙、学宫，实际上是古代官学所在地的名称。该舞生执照为光绪六年八月由蒙化直隶军民府发给，呈长方形制，通体开幅较大，蓝印黑字，另加盖直隶蒙化府官印。其正文如下：

为发给执照事照得黉宫舞生学习日久，本年秋季丁祭进退合度，从容中节，自应赏给九品顶戴以示奖励。除详藩宪外，为此照给舞生张汝信遵守。嗣后每遇丁祭，务须恪遵定制，敬谨举行，毋得始勤终怠，临期违误，是为至要。须至执照者。

舞生，是文庙祭祀时的执事生。据此执照内容，实际上是蒙化直隶军民府因该舞生在光绪六年秋季丁祭时“进退合度”、表现优异而授予其九品顶戴的奖励执照。此九品顶戴是虚衔，相当于现在的“荣誉称号”，并没有实职、实权。

明清时期，各府、州、县学一般都设有文庙，除大成殿、明伦堂等主体建筑外，还有诸如崇圣殿、尊经阁等建筑，其数量和名称多不统一。据木铎堂所藏民国二十一年（1932）赣浮吴村文庙修复图纸的记载，其文庙居中位置为明伦堂，明伦堂西侧为大成殿，东侧为文昌宫，大成殿北侧建有崇圣殿，大成殿南侧设有泮池。其中，泮池为古代学宫所必设。《诗经·鲁颂·泮水》中言“思乐泮水，薄采其芹”，故童生考中秀才后进入官学又称为入泮、采芹。泮为“半”字的谐音，泮池即椭圆形水池，南半部分通水，北半部分平直无水。古代各地的学宫泮池为何以“半”而分呢？原来，周代时，诸侯乡射之宫，西南为水，东北为墙，其形制即泮池之源，且周天子就学的场所曰“辟雍”，而诸侯所读学校曰“頖宫”，此“頖”与“泮”，皆意为半于天子

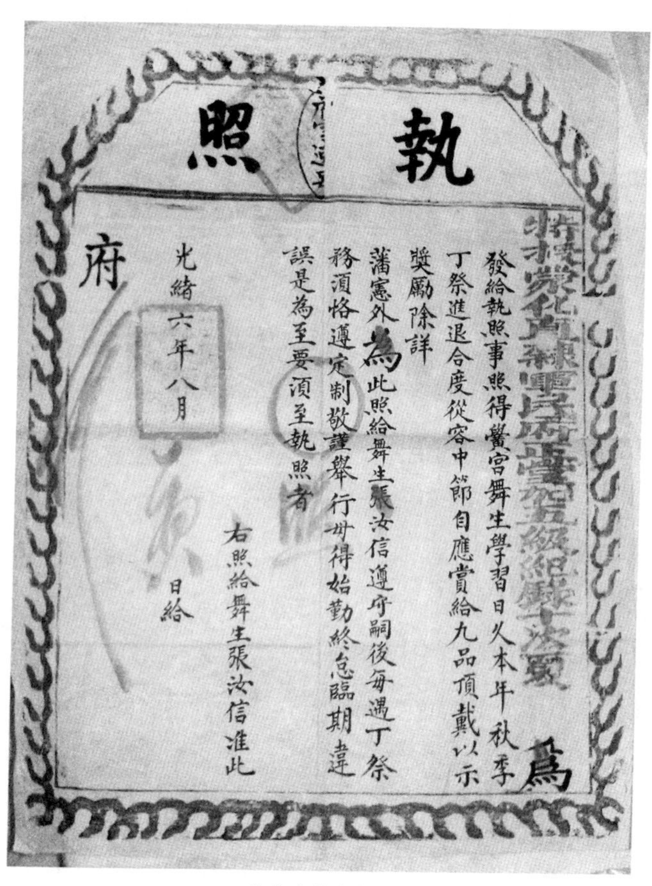

執照

特授[illegible]五級紀錄十次[illegible]為
發給執照事照得黌宮舞生學習日久本年秋季
丁祭進退合度從容中節自應賞給九品頂戴以示
獎勵除詳
藩憲外為此照給舞生張汝信遵府嗣後每遇丁祭
務須恪遵定制敬謹舉行毋得始勤終怠臨期違
誤是為至要須至執照者

右照給舞生張汝信准此

光緒六年八月　日給

府

黉宫乐舞生执照

之宫。

文庙宫墙之外又有棂星门及牌坊、下马石，凡欲入此学宫者，无论其官职高低，皆须下马步行而入。

文庙大成殿是学宫的标志性建筑，殿前修有露明台基，地面用方砖铺砌，四周用青条石镶砌，门前石柱上双龙环抱，殿顶为双龙戏珠造型。殿楣悬挂大成殿牌匾，气势恢宏。殿内正位供至圣先师孔子像；东配复圣颜子、述圣子思子像，再配先哲闵子、冉子、仲子等先贤像；西配宗圣曾子、亚圣孟子像，再配先哲冉子、宰子、言子、朱子等先贤像。东、西廊庑立公孙侨、南宫适、颜辛、樊须等先贤像。先师孔子位陈设帛一、白瓷爵三、牛一、羊一、猪一、登（礼器）、铏（盛羹的小鼎）、簠（盛放稻粮的器具）、簋（盛放食物的器具，圆口，双耳）、笾（盛放果品的竹器）、豆、酒罇。四配位陈设帛各一、爵各三、羊一、猪一、铏、簠、簋、豆、酒樽八种。十二先哲像前及两庑像前陈设帛、爵、羊、猪等，其个数不等。

春秋丁祭是每年定期在黉宫举行的大型文教活动，春时为仲春二月上旬逢丁日，秋时为仲秋八月上旬逢丁日。每逢春秋丁祭，地方行政官、学官即率众生员于黉宫行祭祀大典，参加人数有数百人。丁祭大典之前，官府即发出

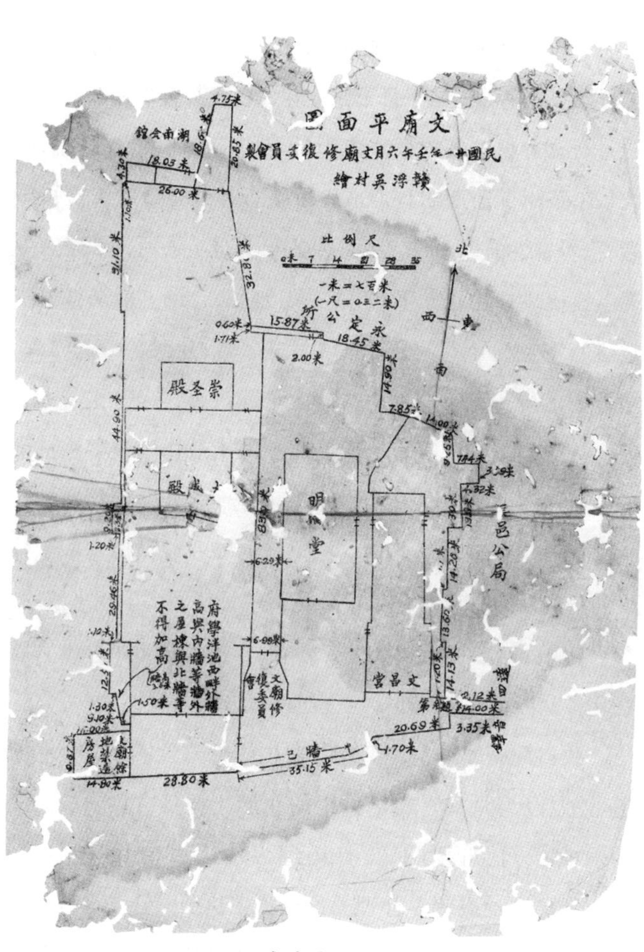

文庙平面图

“信票”，相当于催派文书，向户人催收祭品，言明所供之祭品“务要博硕肥腯”，要求按时送达。同时晓谕诸执事礼生，如乐舞生等提前一日报到演礼，以使其合乎礼度。

黉宫春秋丁祭的仪式也十分繁琐，据《常宁县志》所载：“(祭祀)前期二日斋戒，承祭官补服至省牲(检视祭品)。所省牲前期一日，捧祝生举祝案送至斋所，承祭官签视。捧祝生捧主正殿安设，一跪三叩头，退。承祭官率陪祭各官齐赴阶下行一跪三叩礼。承祭官升殿，由左门入，至香炉前行一跪一叩礼，与捧香员跪进香，立上讫，由右门出。涤器，监视宰牲，瘗毛血(由执事礼生把宰杀牺牲的毛血送瘗埋所掩埋)。至期各官行礼，其正献承祭官知县主之，分献分祭官教谕训导主之。同城武职俱照文职一体入庙行礼。执事以在学生员分司。预日榜列。至期未黎明，各官朝服齐集，乐舞生就位，执事者各司其事。分献官陪祭官各就位。就位。迎神。举迎神乐。跪、叩、兴……”

我将此黉宫非彼“皇宫”之说告知这位藏友，他感叹道：“原以为是皇宫奖给舞生的执照，竟是古代学校祭祀的乐舞生，长知识了！长知识了！”之后，为了表达谢意，朋友很痛快地以较为合理的价格将“执照”让与我，给我省了一笔不小的开支，真当是应验了那句话——“知识就是财富”。

穷秀才

清代的“学霸”常有收集本省或他省的乡、会试朱卷的爱好，并将其合订为巨本，以供随时阅览。乡、会试朱卷实际上是中第者的印刷版范文，多被士子以“礼物”的形式分赠亲朋好友，分享其中的喜悦。对其他落第或者备考士子来说，这样的中式范文也有极大的用处，他们可从这些优秀范文中揣摩“得中之法”，以图下次高中。

多年前，我曾购入数百卷的一套嘉庆至咸丰年间的顺天乡、会试朱卷，其数量之多、年代跨度之大均为我所藏朱卷之最。我所收到的数百卷乡、会试朱卷即被其主人合订为五大册，使之现在成为了相对系统和完整的佳藏。令人欣喜的是，在第一册合订本的封面上，这位“收藏家”很细致地将每位考生的姓名、住址、某某科次等信息收录在内。其中，在一位名为骆泰階的考生名下，记有“本邑人”字样，为查证该批试卷的来源提供了宝贵信息。通过翻阅骆泰陪的试卷发现，该生为直隶大名府清丰县人，是咸丰己未（1859）恩科顺天乡试中式第三十名举人，又因该批朱卷的年代以咸丰年间为下限，故可大致判断收藏此批朱卷的士子为咸丰年间的直隶大名府清丰县人。

朱卷是一种极富信息量的科举文献，可以单独作为一种收藏门类，因其中记载了大量的家族和师门信息，堪称比家谱还要完善的“家谱”。这记载极详的作用，则主要体现在士子登科之后的“光耀门楣”。例如，在第一份吕锦文的家族世系中，竟从一世祖罗列到了三十一世祖，早已远超“祖宗十八代”，其为先辈增光的力度，着实令人惊讶。此外，在家族和师门信息之外，乡试题目、试卷、考官、评阅内容等信息也具有很大的研究价值。因此，朱卷相对于其他的科举文献，早早地进入了学者的研究视野。例如，1992年台北成文出版社出版顾廷龙先生主编的《清代硃卷集成》，420册巨制收录了清代朱卷8000余种，至今仍是研究科举的学者所需的重要资料，影响深远。

尽管如此，我对朱卷这一科举收藏品种却并不“感冒”。此类文献存世量较大，形制又千篇一律，虽然具有较大的文献研究价值，但是并不符合我科举文献“精”“罕”的入藏标准，多年来我在朱卷收藏领域并无太多斩获。这套乡、

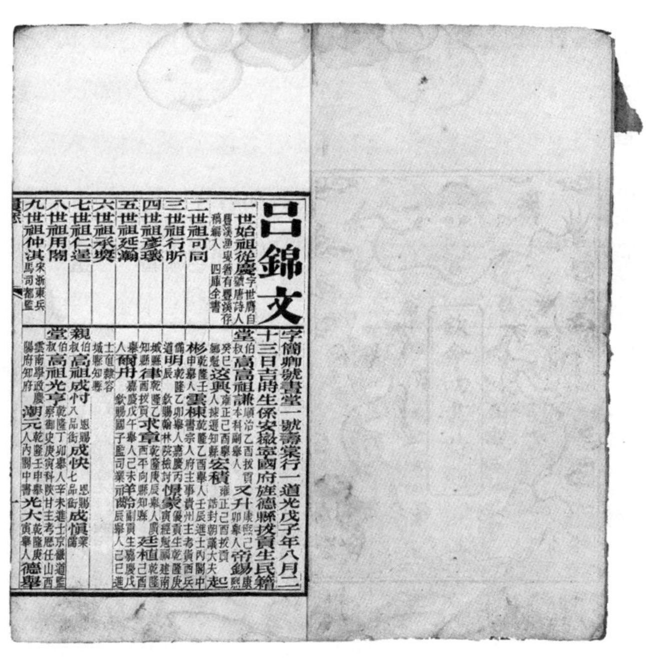
呂錦文 字簡卿號書堂一號壽棠行一道光戊子年八月二十三日吉時生係安徽寧國府旌德縣拔貢生民籍

一世始祖從慶 字世膺自號唐詩人暨溪漁叟著有暨溪存稿編入四庫全書

二世祖可同

三世祖行昕

四世祖彥環

五世祖延灝

六世祖承奭

七世祖仁逞

八世祖用陶

九世祖仲淇 宋浙東兵馬司都監

堂伯叔 高高祖謙 順治乙酉拔貢本科副舉人 又升 康熙己卯舉人 帝錫 康熙

癸巳鄉魁 遂興 雍正己酉舉人揀選知縣 宏積 雍正己酉拔貢誥封朝議大夫 起

彬 乾隆壬申舉人 雲棟 乾隆乙酉舉人壬辰進士內閣中書宗人府主事貴州主考貴西兵

備道 明辰 乾隆乙卯舉人嘉慶丙辰欽賜翰林院檢討 偎象 優貢生乾隆庚寅經魁福建南

城縣知縣 律 乾隆乙酉拔貢西平向縣知縣 求章 乾隆庚辰舉人 廷植 乾隆己酉

舉人 爾用 嘉慶戊午舉人己未欽賜國子監司業 祥齡 副貢生嘉慶戊辰舉人己巳進

士直隸容城縣知縣

親伯叔 高祖成忖 恩賜八品銜 成快 恩賜七品銜 成慎 業儒

堂伯叔 高祖光亨 乾隆丁卯舉人辛未進士京畿道監察御史庚寅科陝甘主考歷任山西

雲南學政 慶 潮元 乾隆壬申舉人內閣中書 光大 乾隆庚寅舉人 德舉

陽府知府

顺天乡、会试朱卷合订本

会试朱卷因为其具有系列成套、为本地文献等特点，所以被我收入囊中。更重要的是，这套朱卷合订本为清代士子的“原始收藏”，具有“科举实物收藏”的属性，更贴合我的收藏理念。在翻阅整理这套朱卷的过程中，一份朱卷中夹杂的“借书票”引起了我的注意。该借书票黄底黑字，上书“已出借大叔已丑会墨一本、各墨观澜一本、六科文行远集一本、墨香楼时文一本”。此票瞬间勾起了我的兴趣，难道古代的秀才真的如历史小说及电视剧中所呈现的那一副“穷酸”模样？甚至连最基本的考试参考书也需要相互借阅浏览。如果史实真的如此，那又是什么原因造成秀才经济上的窘迫呢？

事实上，古时真正贫苦的读书人，是很难通过科举仕途改变人生的。从科举考试最低级别的童试开始，除了要交纳考费、卷费外，还要应付名目繁多的规银。报考费用、试卷费用尚好理解，那什么是规银呢？在清代各省学政到任后，须在三年的任期内对本省的生童进行考核，其主要目的在于考察本省的学风，选拔秀才，以及通过乡试从一众秀才中筛选人才。学政作为具有考判选拔实权的官员，可称得上是个肥差。清代各府县均设有考棚，学政分期案临地方考试，也称作出棚。学政出棚考试，皆定有棚费，

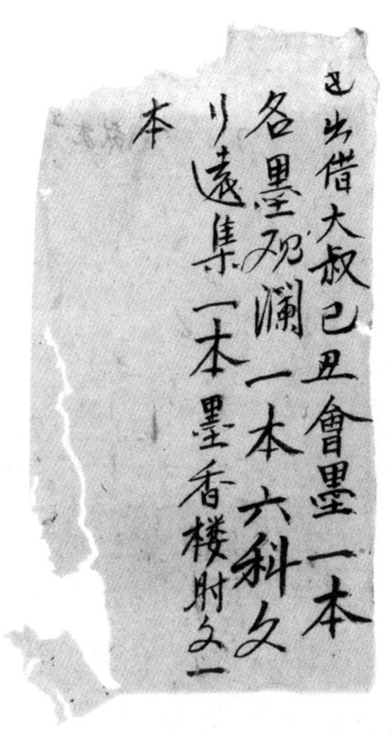

[illegible]出借大叔己丑會墨一本
各墨[illegible]瀾一本六科文
[illegible]遠集一本墨香樓[illegible]文一
本

借书票

又称为“棚规银”，以县之大小照章酌送，其数目不等，法令中虽无明文规定，然久为各省循例所默许，实际上属于学政的“灰色收入”。据木铎堂所藏一套清代四川棚规银账目所载，眉州、泸州、嘉定、叙州、重庆各州府考棚共交纳学政规银三千零十三两七分六厘。其中，眉州交纳最少，为二百一十七两四厘，重庆府棚交纳最多，为一千零四两四分八厘。各州府交纳规银名目略同，种类繁多，包括随封、门礼、印礼、跟班、管厨、跟师爷、厨子、点心匠、三使拆牛烛银、文童正场折席、大班头、三使钱、二把刀钱、打杂钱、剃头钱、号头钱、厨公钱、典吏、书办、乘差、茶房、快手、经制、六行人起马钱、印红、铺垫、外折纸札银，名目共有27种之多。

如清代四川棚规银所示，童试对士子造成了精神和经济上的双重压力，士子既要面临层层选拔考试，又要交纳名目繁多的考试费用。因而，在清代多有考生因交不起考试费用而被隔离在贡院、考棚的高墙之外，这种规定甚至影响了一方的学风。

清末名臣张之洞在任湖广总督时，曾因棚规银一事为学界办过一件振奋人心的大事。据木铎堂所藏光绪辛卯年（1891）《筹办罗田县学费案卷》记载，“罗田学额文武各二十六名，学宪院费及学师束脩逢岁试则需钱三千余串，逢科试则需钱千余串。罗田境狭地贫，士子寒瘠，一经入学，措办良艰，往往劳及父兄，累及亲戚”。清代湖北罗田县的童生与当时多数地方一样，面临着筹措巨额考费的难题。虽然很多地方官员对这一现象颇为了解和关注，但是地方乃至中央因财政、教育经费的窘迫，未能妥善解决此种问题，使之成为积累已久的一大难题。如《筹办罗田学费案卷》曾提到“教官乏津贴之费，欲不取则衣食无资，廪保任居间之难，求两全则口舌俱困，近年以来院费卷费实为罗田一大累政”。对罗田县的生童来说，“规银”尚可从各户缴纳钱粮税款常额里划部分为学银，尚可勉力维持，但在光绪十四年（1888），罗田县的前任朱县太爷将卷费扣除在税款之外，使得学费和卷费更无着落，增加了罗田县生童的经济负担。为此，罗田县各城共191名乡绅士联合上书朱县长，却均被批驳。

直到光绪辛卯年（1891）时任湖广总督张之洞视察罗田县时，众人听闻张之洞是位开明的好官，特又将前案呈上。张之洞在了解事情原委，并深入考察罗田县情况后，特别制定了罗田县童试卷费章程，以明文规定童试“规银”的数额，包括县学师、府学师、学政交纳的卷费、拜谒学师的礼钱、考试报名费、府县束脩（学费）、花红纸张等等，杜绝了各级官员学师胡乱收费的现象，维护了罗田地方生童的利益，整顿了罗田县学风。张之洞在罗田整顿学费的事情很快传至各省，被纷纷效仿。

诸如张之洞等官员对“规银”的限制，虽然在一定程

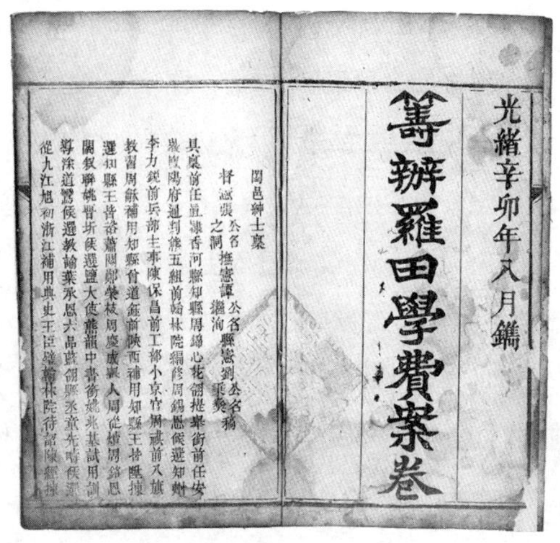
光緒辛卯年八月鐫

籌辦羅田學費案卷

闔邑紳士稟

督憲張公名之洞撫憲譚公名繼洵縣憲劉公名[illegible]稱

具稟前任直隸香河縣知縣周錫恩花翎提舉銜前任安徽[illegible]陽府通判徐五組前翰林院編修周錫恩候選知州李力鈺前兵部主事陳保昌前工部小京官周祺前八旗教習周[illegible]補用知縣曾道鍾前陝西補用知縣王晉熙揀選知縣王晉裕舉人鄭榮枝周慶成舉人周從樞周錦恩關敘聯姚晉圻候選鹽大使熊韻中書銜姚兆基試用訓導涂道鸞候選教諭葉承恩六品藍翎縣丞童先畴候選從九江旭初浙江補用典史王臣璧翰林院待詔陳經操

张之洞《筹办罗田学费案卷》

度上缓解了士子的经济压力，但是却没有从根本上解决此类弊端。童生经过童试的“层层压榨”，获得“生员”的科名之后，常常要背负沉重的债务，且“生员”的荣耀本身并不能为其带来可观的经济收入，其收入的主要来源是开馆设教而谋得的些许“束脩”，即便如此，为数不多的束脩也常被学生拖欠。此外，秀才的收入除了维持家庭的正常开支以外，还要准备乡试的考费、盘费、谢师银等，如果不勒紧裤腰带，生活拮据的秀才恐怕连贡院的号舍也难触碰了。

《饯秋试诗》

中国文人向来都有吟诗作赋的习惯，这不仅体现在科举考试中占有相当分量的试帖诗中，也体现在充满诗情雅趣的日常生活中。清末来华传教士、曾任京师同文馆总教习的丁韪良在其所著《汉学菁华》中评价道：“由于西方人平时接触到的那些中国人既功利又平庸，所以中国人善于写诗这件事会令他们颇感吃惊……倘若出外旅行遇到了奇峰秀水，他必定会欣然赋诗。新年伊始，他要在门柱上题写新的对联。他的商铺和书房墙壁上往往挂有友人题赠的诗歌卷轴。闲暇居家，他会吟诗作对；携客同游，他也会援笔在墙上或柱子上即兴赋诗一首，以示到此一游。所有这些无疑都显得有点矫情，但它却是深深根植于民族情感之中。”对于来华数十年并且十分了解清末国情的丁韪良来说，这样的评价显然有其道理，从木铎堂收藏的大量清末、民国的文人日记中也可窥见一二。

有趣的是，中国文人吟诗作赋的习惯似乎也可“遗传”，我的一位好友毛静兄即是很好的例证。毛静兄是江西丰城人，长期从事书院文化的研究。其曾祖父毛庆蕃是光绪十五年的进士，曾官至直隶布政使，掌管过保定莲池书院。毛静兄自幼喜好文史，因家境窘困，仅读到高中即辍学参加工作，成为一名水泵工。后来毛兄坚持自学，独立研究江西地方史、书院史、古籍等方面内容，尤对诗词感兴趣。为了学术研究，他踏遍江西省 87 个县市区，700 余次深入古村落进行考察。2002 年被破格调任丰城市博物馆副馆长，后又被破格调入南昌大学，仅拥有高中学历的毛静兄因而被众多媒体称为“草根学者”。毛静兄著述颇丰，有《近代江西藏书三十家》《寻找王阳明》等。其著述均有一大特色，即每部著作多有其所作的大量诗文，这些诗文为文章增添了不少色彩。韦力先生曾评价：“毛静先生有填词作赋之好，他有一个这样的朋友圈，圈内的朋友常常一起打诗钟，这样的雅好真令我心羡。”显然，毛静兄除了后天的努力，很可能也受到其祖辈的影响。

在清代科举考试中，有一位同样喜好吟诗作赋的官员——李文敏。不同的是，他将此喜好融入到对士子的关怀和体恤中，独显人格魅力。李文敏（1817—1890），字少频，号捷峰，西乡县察院街人。自幼聪颖，在道光二十六年（1846）29岁时即乡试中举，遂掌乐城书院，出任山长。咸丰二年（1852）李文敏又高中进士，历任礼部主事、凤阳知府、天津知府、江西按察使等职，后于光绪四年（1878）升任江西巡抚。在江西任职期间，江西多地屡遭洪灾，损失至惨。李文敏亲临灾区安置灾民，不及上奏，即下令开仓赈济，备受民众爱戴。

在教育方面，李文敏也颇为关注，曾多次捐银作为江西地方学费。数年前，我曾收藏到一册光绪壬午（1882）科乡试前李文敏为江西士子所编的《饯秋试诗》。该书由名为许合燕的秀才所藏，光绪壬午夏刊，江西抚署藏版。关于该书的刊行目的，李文敏提到“自国家以制科取士，士之奋于功名者莫不思由此以进。江右素为文章渊薮，比岁学额递广，每三年大比云集飙合，视昔尤盛。己卯余监临是邦，先期预饬将科场条例详悉刊示士子，以违式被斥者仍复不免。兹届举行壬午正科，适于书簏中检得吾乡路润先生《饯秋试诗》旧帙，举场屋易犯各戒，联以韵语逐一分注，不啻当头棒喝，爰付之梓以为多士勖。他日秋风得意同上春官尤愿时，取先生篇终注语互相策励……”。从李文敏所言可以看出其对乡试应试士子的一番苦心。文中共选诗文 28 首，分别从场前、场中、场后等阶段为学生提出了应试建议。在场前建议考生“静习”，“一切得失之见不可横于胸中，士人临场有勉强记诵者；有日夜作文不休者；有摹仿主司乡会墨者；有于初八日入闱后垂帘仰卧豫想明日出何题、作何文，展转寻思通夕不寐者。凡此之类，皆自扰也，须一扫而空之”。在健康方面，建议学生预防疾病，“七八月间雨旸寒暑倏忽而变，起居衣服摄卫最难。此时不可放佚，放佚则昏；亦不可勤苦，勤苦则惫。久视病目，久读耗气，久卧困脾，多饮昏志。瓜果之属尤宜节之，稍有不检则痢疟诸疾随之而至，虽平日健于文者亦难尽展所长矣”。在文章的撰写中，又提示考生注意审题、抬头避讳、韵颂，避免抄袭类书、录旧等诸多方面内容。因科举考试制度对试卷有严格的要求，如试卷出现污损或挖补痕迹，则被视为废卷处理，故又劝诫考生密贮试卷，防范屋漏、墨汗浸等情况。此外，文中又提示考生防范火灾，“场中灯不如火烛台，勿置案上，恐有倾攲，当用铁烛叉烛入壁间最稳固……”。文中甚至不忘提示放榜中举后的士子拜谒房师，“弟之于师服勤奉养，其礼仪必虔……”。

随着近些年“国学热”的兴起，《中国诗词大会》《经典咏流传》等与诗词相关的节目也相继在央视开播，公众广泛好评，民间也掀起了一股诗词热潮。虽然不知道这样的热度能够持续多久，但可以肯定的是，中国文人骨子里的浪漫和情趣，是时间永远抹不掉的。

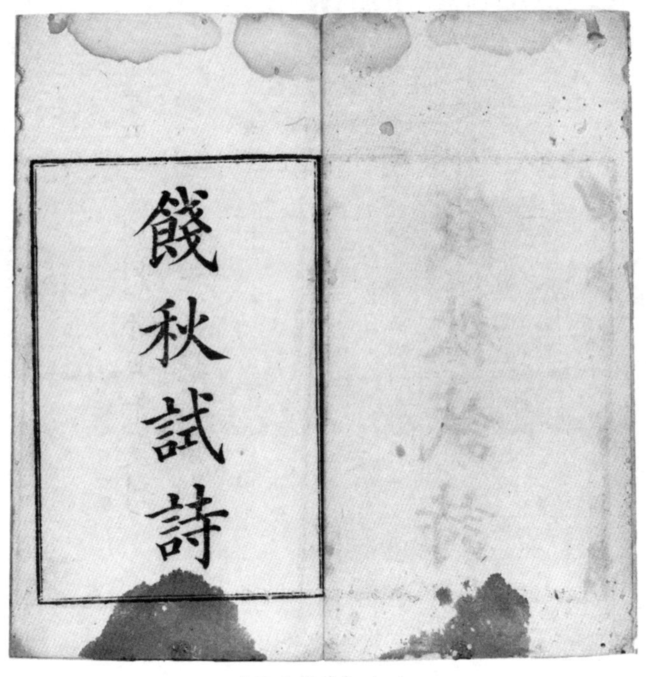

《饯秋试诗》（1）

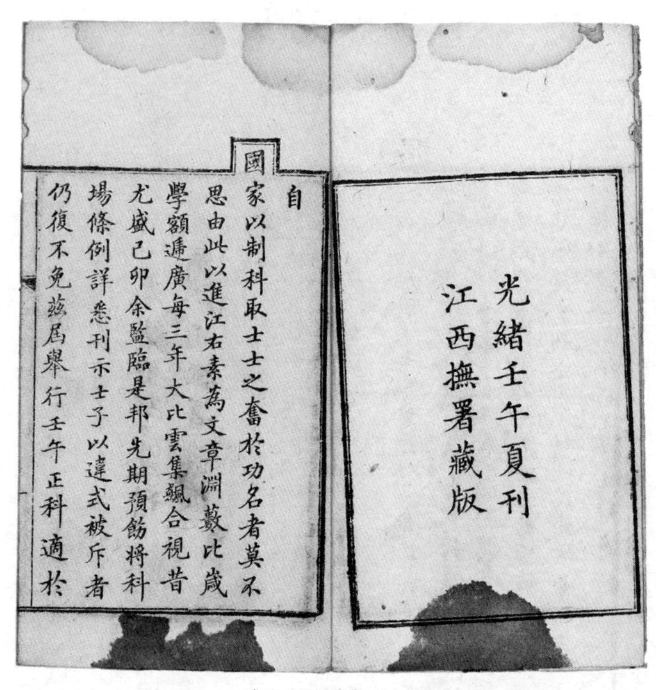

光緒壬午夏刊
江西撫署藏版

自
國家以制科取士士之奮於功名者莫不
思由此以進江右素爲文章淵藪比歲
學額遞廣每三年大比雲集飆合視昔
尤盛己卯余監臨是邦先期預飭將科
場條例詳悉刊示士子以違式被斥者
仍復不免兹屆舉行壬午正科適於

《饯秋试诗》（2）

仕途梦的破碎

数年前，一位浙江的朋友联系我，称其有一份浙江乡试卷票欲转让，问我有没有兴趣。在我的印象中，浙江乡试的实物向来留存不多，我当即请其发来图片再行商谈。待收到实物图片后，我发现这是一份由浙江布政使发给浙江山阴县学优增生葛陛纶参加光绪癸卯（1903）恩科乡试领卷的卷票。

“卷票”是乡试入场程序中至关重要的一环，相当于现在的准考证，卷票上会明确注明“其点名时，如无卷票者一概不准补点，以免冒混。此为便于补点而设，诸生切勿自误。须至票者”。从考试时间来看，1903 年癸卯科乡试是科举考试的最后一科乡试，因此，这张卷票具有划时代的意义。但这张卷票的品相却很差，尤其是右上角缺损少字，又有多处霉斑，且似乎有已经被托裱过的痕迹，这使我面对朋友的报价颇为踌躇。我对这位朋友说：“这张卷票好像被托裱过了？右上角缺损，又有霉斑，这个价格我接受不了。”朋友随后说道：“这张卷票是被托裱过的，如果你不满意，我还有一份没有被托裱的，同样的一个人。”说罢，他又传来一份葛陛纶的另一份乡试卷票，与之前那份不同，这张卷票是葛陛纶应光绪二十三年（1897）丁酉正科乡试的卷票，由浙江布政使兼管海防事务恽颁发。据查，“恽”为时任浙江布政使的江苏湖阳人恽祖翼。通过这两件乡试卷票的发给时间判断，葛陛纶至少参加了三科浙江乡试，已然成为了久经“沙场”的老将。因丁酉正科的这张乡试卷票品相完好，且官印清晰，我决定先买下它。付款后朋友爽快地告诉我：“如果你收到后不喜欢，可以随时退给我。这位葛陛纶是个人物，可惜没有考中举人。他后来在上海澄衷学堂教书，桃李满天下，还编了好多教科书。”

这位葛秀才的仕途命运也颇为坎坷，虽然数年中从一位普通的附生考取了优增生（廪生可以领受国家的廪银，而廪生皆有定额，因此在廪生之外，又设一定的增补廪生名额，无廪银可领，具有补廪资格），但是直到光绪二十九年癸卯科乡试仍未得中，始终未能谋得一个举人的科名。对于葛陛纶来说，遗憾肯定是有的。也正是这一年，张之洞、张百熙、荣庆等人奏请颁行《奏定学堂章程》，而该章

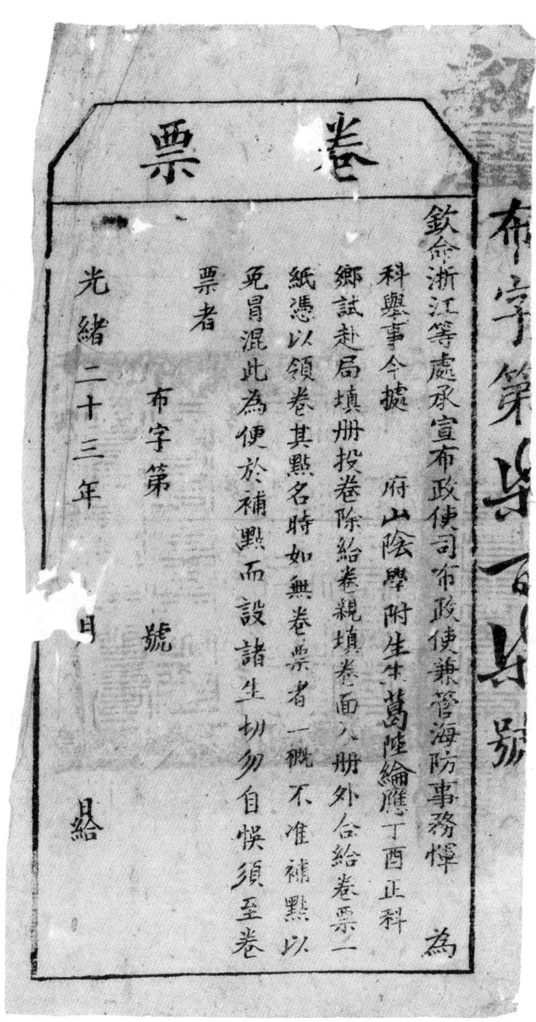

布字第　號

卷票

欽命浙江等處承宣布政使司布政使兼管海防事務惲　為
科舉事今據　府山陰學附生葛陛綸應丁酉正科
鄉試赴局填册投卷除給卷親填卷面入册外合給卷票一
紙憑以領卷其點名時如無卷票者一概不准補點以
免冒混此為便於補點而設諸生切勿自悞須至卷
票者

布字第　號

光緒二十三年　月　日給

光绪二十三年丁酉正科乡试葛陛纶卷票

程标志着中国近代“新学制系统”的建立，随之而来的便是全国各地新式学堂如雨后春笋般兴办起来，1905 年科举制度则正式退出历史舞台。至此，葛陛纶的科举仕途之路被彻底断了。

关于葛陛纶此后的发展，朋友虽然提示数语，但是仍较简略，除了可以查到葛陛纶先生编著了《地理概论》《国史概论》《中国文学史》等诸多书籍外，尚无其他文献佐证。正毫无头绪之时，我找到了一份《山阴天乐葛氏宗谱》，其中记载了“清廪贡生葛需生家传”。这份族谱为民国丙戌年（1946）续修，系读书堂藏版。据葛需生家传记载，葛需生即葛陛纶，需生为其字，世居山阴天乐乡，家中兄弟三人。葛陛纶自幼聪颖，读唐诗声韵抑扬、津津有味，被认为是读书的好苗子。葛陛纶 20 岁左右即由庠生（秀才）补廪贡，后屡试乡试不中，待科举废除后乃在乡间授徒，后被任为山阴县劝学员，督导地方学务。葛陛纶满腹经纶，虽科举仕途并不如意，但是其才学仍被世人所知。其时恰逢学堂遍立，唯教科书匮乏，葛陛纶被会文堂、商务印书馆等上海各大书局聘为编辑，开始新学书籍的编纂工作，历数年编有中国历史、地理等相关教科书籍多种，风行海内。后来，绍兴同乡会在上海创办学校，公推葛陛纶为校长，同时葛陛纶又受澄衷中学等沪上多所学校之聘，故其中年后多在上海教书，“门墙桃李遍及江南”。1931 年，他又再次执笔于商务印书馆，至“一·二八”事变前夕毅然返乡在籍笔耕，“心虽苦，而身则逸，自谓享穷福，然对人绝口不言贫字。而于乡村公益，或排难解纷，莫不先事倡导”。1939 年，日军进犯浙赣，乡民四散，庄稼歉收，目睹此国难之惨状，葛陛纶竟气绝身亡，享年 64 岁。

葛陛纶经历了科举仕途的失意，又在“新学”的时代潮流下实现个人价值，成为享誉盛名的知识分子。对葛陛纶来说，或许这才是最好的结果。在科举停废、新学兴起的大背景下，士绅阶层的断裂不但掀起了中国近代的游学生热潮，还为新知识分子群体的萌芽提供了条件。

木铎堂藏有一套清末举人在科举考试废除后再深造、就业的文献。该士子为山西崞县（今崞阳镇）人续恩伦，曾肄业于晋阳书院、崇修书院，其中晋阳书院即中国创办最早的大学之一——山西大学堂的前身。因古代的书院属于开放式教育，在办学性质上属于“私学”，故士子可到所属地方的多个书院同时肄业。续恩伦因成绩优异，在科举制度废止前已取得举人科名，可谓仕途得意。然而，1905 年科举考试的停废，使得续恩伦不得不放弃仕途，另谋出路。

为此，这位“学霸”选择顺应时代的潮流，进入山西师范学堂“再深造”。经过两学期一年半的学习，时年 34 岁的续恩伦于光绪三十四年（1908）六月从山西师范学堂师范简易科毕业，获得了由山西提学使颁发的毕业文凭。毕业后，续恩伦随即被山西师范传习所聘为教员，待遇也颇为优厚。据山西崞县正堂为其颁发的聘书所载：“兹查该绅续恩伦品学兼优，学问明通，堪任传习所主讲。所有脩金仍旧，车马费在内按季致送。”

科举考试制度至今已停废百年有余，其是非功过仍为学者们争相讨论的热门话题，但是无论其争论的结果如何，从续恩伦的经历大概也可看出，主动顺应时代的潮流，或许才是最正确的选择吧。

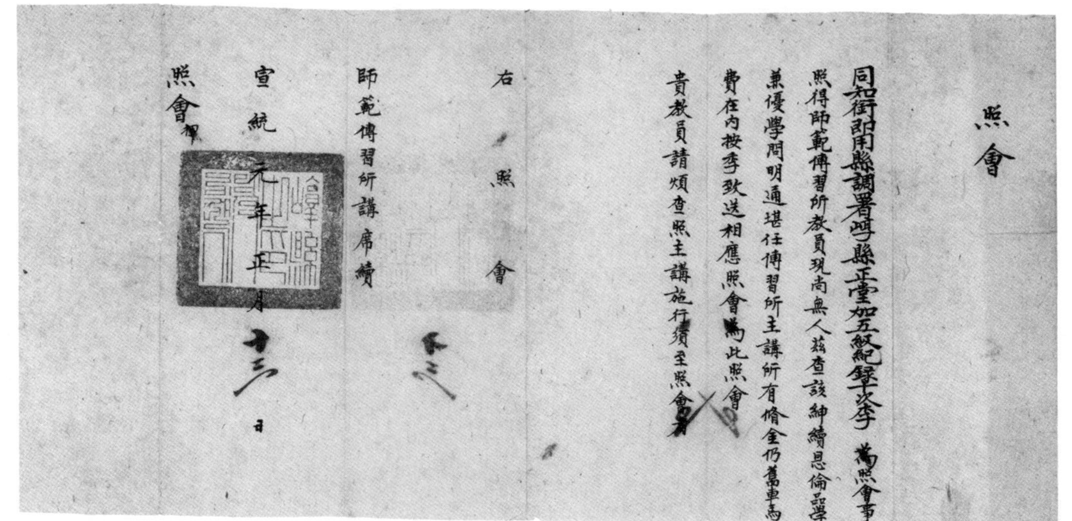

照會

同知銜即用縣調署崞縣正堂加五級紀錄十次李 為照會事

照得師範傳習所教員現尚無人茲查該紳續思倫品學

兼優學問明通堪任傳習所主講所有脩金仍舊車馬

費在內按季致送相應照會為此照會

貴教員請煩查照主講施行須至照會者

右照會

師範傳習所講席續

宣統元年正月十三日

照會押

山西师范传习所聘约照会

异闻篇

闱　彩

一般而言，我买入科举史料文献之前均会做详细的考证，对于模棱两可，或者有疑问的文献多会选择放弃。印象中少有的一次“博彩”经历是多年前买入的一册童试亲供。亲供是科举考试中的资格审查材料，要求考生亲填姓名、年貌、三代等信息。2007 年，我曾以高价买入一套同治年间至光绪元年（1875）的云南文、武童试亲供册，大约二三百份，其中武童试亲供册相对少见。当我收到该批文献时，发现此批“亲供”多被裁开，作为道教的抄文纸使用，因此与卖家协商又退了回去。之后的数年，我每想到退书之事，心中总是有些后悔。因为该批文献相对完整地记录了同治、光绪年间云南镇南州的文、武童生报考信息，虽然被裁开，但也不失为一套难得的科举史料文献。

后来，我在淘书的过程中又发现了一厚本疑似我错失的那套“亲供册”，只是从书商提供的图片上看，只有封面和封尾是云南镇南州武童试亲供单，内页部分图影为道教经文，且售价颇高。这让我想起了几年前错失的那批亲供文献。我当即与书商联系，询问是否能再传一些内页照片给我，然而他的答复却令我失望。虽然未能看到整本内容，但是为了不再错失此难得的机会，我还是以不菲的价格购买了。然而此次“博彩”却以失败而告终，这册厚本只有封皮是我所熟悉的武童试亲供，整册并不是我之前见过的亲供册。内页与我之前错失的那套被用作道教抄文纸的文献本有所不同，为白纸抄写，这使得这套文献的价值大打折扣，我损失惨重。

提到“博彩”，科举中也有类似的衍生物，被称为“闱彩”。闱彩是流行于清末广东、广西一带，以科举中式者的姓氏为彩头的赌博形式。最初于道光年间出现在广东，至清末又传至广西。数年前，有一位广东的书商出售一批与书院和科举相关的文献，其中有一些类似于书院的榜案，另一些为封面标有“广东全省恩文进士”等字样的书籍，封皮颜色黄、红不一。从图片来看，这批书籍有不少虫蛀，或因广东潮湿闷热的环境所致，倒也可以理解。我挑拣了数册品相相对完整的“恩文进士”题名录购买下来。收到书后，在翻阅书籍的过程中，我发现这批文献的品相比原先想象的还要差一些，心中有了些许不快，毕竟书商传给我的图片要完整得多。然而，当我仔细阅读其中的内容时，我才了解到，原来这批文献并不是常见的乡试、会试题名录一类，而是用以闱姓赌博用的闱彩簿。

闱彩，是一种清末赌博形式，以科举中式者的姓氏为彩头，其赌博范围涉及各级别考试，包括书院课试、童试、乡试、会试等。在考试之前，先由各票局制订相关规则。闱姓有小姓和限姓之分，考试得中概率较低的姓氏如胡、马、区等为小姓，而诸如张、李、王等常见的大姓则为限姓。限姓由于在榜单中出现的概率较大，因此不能选为彩票。而会试中的投彩虽然不限姓氏，但也有诸多限制条件。如广东省第七甫所开甲午恩科广东省文会元闱彩规定，广东中式文会元姓氏“以提塘京报所载姓氏为据，倘有钦赐举人及全省由北闱举人会试中式，一体同计，内除去旗满汉军并别省，及钦赐进士上科未殿试，今科补殿试者俱皆不计，不限姓任拣十六姓为额……”。

彩民随意从规定的姓氏中选择一定数量的姓氏作为一票，票额或一元或十元不等，收满一千条结为一簿，彩票付款后，由票局发给标有字号的闱彩簿一本，作为领奖的凭证。待考毕放榜之后，票局根据中式姓氏逐一核对票簿，

闱彩

一簿之中中姓氏最多者则为头彩，其次为二彩、三彩，余则为落奖。在核对姓氏时，均以姓氏的首字为据，如复姓欧阳，则以“欧”字为姓。如果有几个票簿中所中姓氏数目相等，则又要计算各簿中姓氏得中人数多寡，得中人数多者为先。

闱彩的奖池也颇为特殊，如甲午恩科广东文会元闱彩簿中规定，“追卷”（每个卷簿均编有字号）收银一大员，共收得票一千条，首名谢教银（彩金）六百大员，二名谢教银二百大员，三名谢教银一百大员。此外，各谢教银还要扣除一定数额的“部银”、海防经费等，还有剩余的则留为票局的开支收入之用。可以看出，广东的闱彩实际上不只是民营性质，更有地方政府参与其中。

事实上，中彩的概率是很低的，据清末甲辰（1904）科探花、广东番禺商衍鎏的考证，闱彩的中奖率只有百分之三。彩金只有总票金的百分之四十，而每次票局所收票金总额多达百万元之多，其利润之大可想而知。虽然有部分投机者尝试加大投彩范围和数额以提高中彩概率，但是其结果往往也不尽如人意。

当然，闱彩之所以在广东盛行，也有一定的“合理性”。其一，闱彩是科举制度的衍生物，以科举考试为外衣，其性质似乎与一般的牌九、掷色子不同，显得更为高雅。其二，闱彩以科举闱姓为彩头，其关注度更高，也容易被大众所接受。其三，闱彩虽然得中的概率很低，但因所竞猜闱姓以“广东籍”考生为限，所以留有相当一部分空间，供士子在其间揣测一二，或许得中者即为其熟知的某位“学霸”。其四，闱彩还具有一定的公益性质，如谢教银中即抽出相当款项用于海防经费等。因此，虽然闱彩自产生之后屡遭禁止，但依然活跃于市井之间。

“算命签”

2019 年 5 月，广西师范大学出版社的鲁朝阳兄发来一条“喜讯”，称“辛神（辛德勇）因天气原因从郑州到北京的航班滞留在石家庄，可请其为学生办一次讲座”。辛德勇先生为北京大学中国古代史研究中心教授，是史学界的大咖，被诸多业内人士尊称为“辛神”。我虽与辛德勇先生未曾谋面，但是很向往与其当面交流，于是我迅速打开了辛德勇先生的微博，只见其留言道：“京师天气有异常之变，困厄石家庄机场。哪位知道石家庄这个村子有没有大学——有的话帮活动一下，接我去做个讲座。免费，闲着也是闲着。”辛德勇先生常被邀请至石家庄做古籍、出版等相关宣传、讲座活动，显然是知道石家庄“有没有大学”的，“辛神”此言纯属幽默。我的工作单位河北医科大学为医学“专科”，对文学或历史感兴趣的学生可能不太多，不大适合请辛德勇先生前来（看人上菜似乎还是有道理的）。同在石家庄的河北师范大学则为文科高校，拥有百年的发展历史，其前身之一为清末创办的北洋女师范学堂，无论是办学类型，还是文化底蕴，在我看来都适合邀请辛德勇先生前往。因此，我当即联系河北师大博物馆的杨春明馆长，将此事告知于他，杨兄听闻此消息后立即着手落实这场机会难得的讲座，想办法联系辛德勇先生。然而事与愿违，鲁兄随后发来消息称辛德勇先生已回京，此事只好作罢。

辛德勇先生属于“高产”的学者，同时也很“赶时髦”，其微信公众号名为“辛德勇自述”，使我想起胡适先生的自传《四十自述》，似有异曲同工之妙。辛德勇先生异常勤奋，几乎每日更新一篇，我虽称不上辛先生的“铁杆粉丝”，但也时常关注、浏览。我对其中一篇题为《生不逢时》的文章印象颇深。辛先生开篇即言道：“古往今来，这块土地上的人们，活着，往往都很无奈。于是，就把这一切的无奈，都归结为命。”紧接着，辛先生又进一步阐述：“主宰着命的，是头顶上的苍天，而体现苍天意志的首要环节，是妈妈什么时候把你降生到尘世间来。所以，帮你算命的人，要首先看你的生辰八字。”虽然辛德勇先生受母亲一个彻底的唯物主义者的影响，并不信命，从未“算一算自己的命到底咋样”，但是以辛先生的话来说，“其实自打稍微懂点事儿，我就知道，自己命苦，这用不着算”，其后即是辛先生的个人自述。

我是彻底的唯物主义者，并不信“命”，但是木铎堂却收藏了数种清代考生用于算命的实物，其中一套两件“灵石县郭家沟关圣帝君灵签”即是考生算命的典型代表。

正如辛德勇先生所言，古代社会的人们多信天命，诸如婚、丧、嫁、娶等等人生大事，多找算命先生看八字、时辰等等，以图吉利。时至今日，仍有很多家庭，在娶妻嫁女之前看八字、属相，以定二位新人是否合适，或择求趋避之法，“命术”对国人影响之深远，即此可窥见一斑。科举考试作为选拔人才的重要途径，具有公平、公正和择优录取等特点，更重要的是它可促进社会阶层的纵向流动，使得每一位怀揣梦想的贫寒士子都有机会通过刻苦学习改变命运，所谓“书中自有颜如玉”“书中自有黄金屋”并非妄语。因此，古代的士子尤为信命，在他们看来，自己没有生在“蜜罐”里完全是自己的八字不好；而自己没有进入仕途或官运亨通则应归结为自己还不够努力。科举考试制度的存在，使得士子们很难找到逃避的借口。

从形制上看，木铎堂收藏的这两份“算命书”长宽为12cm×25cm，黄底黑字，由木板印刷而成，隐隐散发着神秘的气息。从内容上看，第一份“算命签”为关圣帝灵签第五十四签，属中平之签，签名为“苏秦刺股”，签文如下：“万人丛里逞英豪，便欲飞腾霄汉高。争奈乘流风未便，青灯黄卷且勤劳。”在签文旁有加注“圣意”二字，也就是关老爷对此签的看法：“财未遂，名未超，讼不宜，病未消；婚难信，行路迢，待时至，百事饶。”解语中又写道：“此签惺惺成懵懂，凡事皆不如意，只可守旧，休自躁进，直待时来，自有亨泰；名未超，财未遂，讼不宜，婚不成，行人远，病未安，命运迍宜谨守也。”在灵签的左侧，有署名郭其章的手写解签数语，其提到“此胡丰年问科举者，乃必中之签也。三句‘风未便’者，言尚待录遗也。‘青灯’句言其到介读书也。圣训煌煌，尚无负刺股之教乎？郭其章解存验”。由此可以推测，郭其章与胡丰年皆是山西省灵石县籍的考生，其中由“言尚待录遗也”亦可知，此二人算命的时间应为乡试之前，且胡丰年定是位秀才。因“录遗”与“录科”均为各省学政乡试前的选拔考试，应考的秀才中，考核合格者方准录送应乡试之大考。就胡丰年抽中的灵签来看，其运气并不好，随行友人郭其章有意鼓励这位兄弟，言“此胡丰年问科举者，乃必中之签也”，并结合签中诗文详圆其由，使得“中平”之签立转为“上上签”。

石郭溝聖君籤

第伍拾肆籤　中平　懸梁刺股

萬人叢裡逞英豪　便欲飛騰霄漢高
爭奈乘流風未便　青燈黃卷且勤勞

聖意

財未遂　名未超　訟不宜　病未消
婚难信　行路迢　待時至　百事饒

解語

此籤惺惺成懵懂凡事皆不如意只可守舊休自躁進宜待時來自有亨泰名未超財未遂訟不宜婚不成行人遲病未安命運遭逢宜謹守也

此胡豐年问科舉者乃必中之籤也三句風未便者言尚待錄遺也青灯句言其到介讀書也

聖訓煌煌尚無負刺股之教予　郭其章解存驗

乡试“算命签”

胡丰年此后运气到底如何，乡试得中与否并不可知，但是据木铎堂所藏郭其章题解的第二份灵签，可揣测一二。

第二份为郭其章所抽科举"算命签"，他抽到的是关圣帝灵签第三十一签，属中吉之签，签云"秋冬作事只寻常，春到门庭渐吉昌。千里信音符远望，萱堂快乐未渠央"，"圣意"为"讼渐理，病渐康，财始达，名始彰；行人近，婚姻良，家道吉，福禄昌"。解语："此签秋冬平平，逢春……凡求财谋事，只宜渐进，不可躁急……凡谋事，缓则善。"抽得此签后，郭其章同样将解语写于灵签上，"此问乙丑会试者，绎第二句或有可望，郭其章自记"。从"此问乙丑会试"可以断定，郭其章已获举人科名，此签为郭其章参加乙丑会试之前再次回到灵石县郭家沟关圣帝庙所求。而距今最近的乙丑年则为同治四年，即1865年，故此推断，此二人至少也是同治初年人。从另一个角度分析，既然郭其章再次回到同一庙宇求签问卜，很可能其同乡好友胡丰年果真应验"科举必中之签"，得中了举人，不然，倘若其好友胡丰年所求之签不灵验，郭其章应该会换一座庙宇求签，而不是回到未曾应验的灵石县关帝庙。当然，这只是基于文献信息的一点猜测，至于结果怎样，还真是"未可预料"。因会试又称为春闱，诗中第二句"春到门庭渐吉昌"正也应景。按此说法，抽到此签的郭其章应该甚是高兴才对，可出人意料的是，相对于帮助好友所题“必中之签”解语，郭其章抽到“中吉”签后，反而显得异常冷静，“此问乙丑会试者，绎第二句或有可望”，言语之间有气定神闲之感，能有如此理性的态度，着实不易。

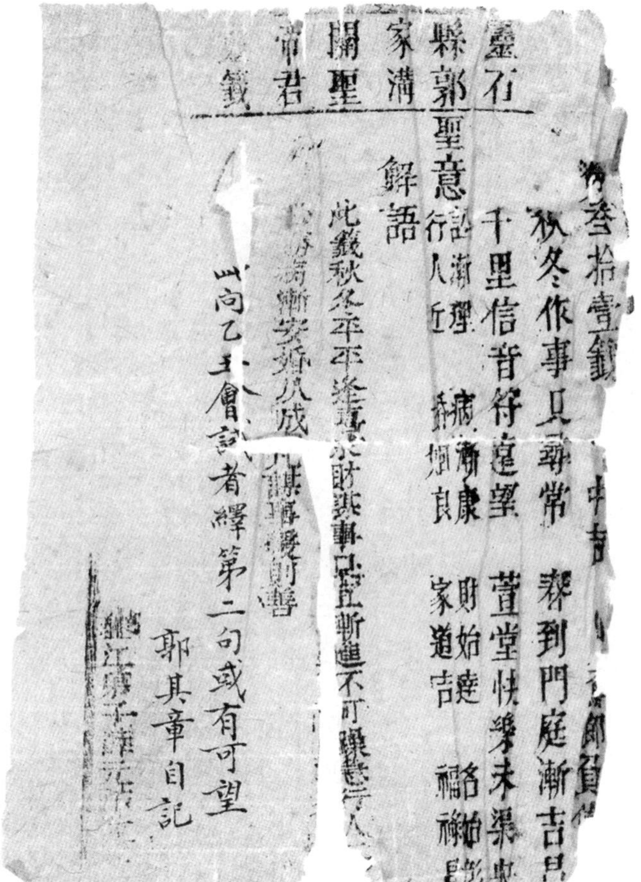

会试“算命签”

科场案

在古代，科场案在历科考试中多有发生，且屡禁不止，甚至滋生了很多与科举作弊相关的“产业链”。例如有专替人制作“夹带”的行当，“夹带”即古代考场作弊用的小抄，其材质也纷繁多样，除了常见的纸质夹带外，绢质、丝质等材质的夹带则为有钱人家的专属作弊工具。木铎堂所藏夹带中，即有一份绢质夹带，长宽为 40cm×40cm 的绢布上正反两面写满了两万余字，平均一个字只有 1.5 毫米大小，虽然字体极小，但是每个字却写得十分工整，全以小楷（或可称为微楷）写就，用来书写夹带的毛笔也极为特殊，是由老鼠的胡须制成。绢质或丝质夹带更便于携带，亦可折叠成火柴盒大小缝入鞋底的夹层中，更有实力者，则可享用“私人定制”的夹带——“作弊衣裤套餐”。在上海科举博物馆，陈列了一件作弊衣，密密麻麻的娟秀小字几乎覆盖了衣服的各个角落，我们也可从其中感受到当年考生的“良苦用心”。所谓魔高一尺，道高一丈，在贡院考场加大了搜检力度后，各类作弊夹带逐渐难以派上用场，雇请枪手代考成为一些考生的救命稻草。随着“枪替”案件的日益增多，各省开始制定相应的场规，对作弊严加防范。如木铎堂所藏江南乡试《监临部院刊给士子入闱简明规约十二条》中，即对枪替情形有详细的规定，“冒名顶替之弊，每当人众喧扰乘间混入，查各府、州、县，例有教官送考，点到某学，即令该学教官率门带斗逐名认识，如有顶冒立即指出拿究，倘敢扶同混冒，将教官一并参革”，其中又规定“在东文场者不得西行，在西文场者不得东行，并不许走至中间甬道。入号以后不得更出，各项官役不许至号口与诸生接谈，诸生亦不得在号口招呼喧嚷。其已经领卷，复拥至二门观看者，难保非作弊之人，此次定须按律究办，绝不姑息”。此外，贡院考场另设查号官，置查号本，待封门后将各管辖号舍内座位情形逐一查明，又有提调官和监试官抽查，核对考生年龄、面貌等信息，监临部院特别言明，“乱号之人，无非枪手”，故而严禁考生出号徘徊观望或乱入号舍。

在童试级别的考试中，除了上述夹带、枪替作弊之外，还多有冒籍越考的行为。童试是科举考试中的初阶考试，又称小试、小考，应试者称为童生。就字面意思来看，可

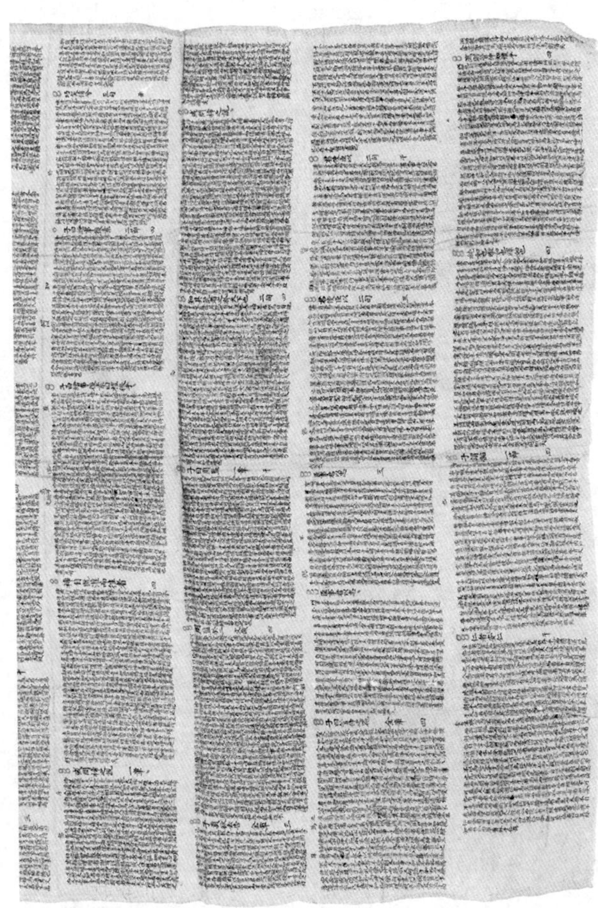

乡试作弊夹带

能会让人误认为童生就是儿童，其实不然。在科举制度中，无论年龄大小、学问高低，凡经报名审核通过而应考童试者皆称为童生。值得一提的是，童生有一个谦称，即小友，与之相对应的，通过童试得中生员（秀才）者，则称为老友。其实，此等“小友”“老友”的称谓还不足以彰显生员和童生的社会地位。我们时常听到身边的人谈论某某考上知名大学，是一件光宗耀祖的事情，其实“光宗耀祖”最初也源于科举考试。生员（秀才）虽然在科举仕途中属于级别最低的科名，却已然具有了一定的社会地位和荣耀。明清时期，生员的府宅门楣可以比普通人家高三寸，一般为七尺三寸。生员身着蓝袍，头戴雀顶（不同于平头老百姓），免服徭役，不用纳粮，遇有词讼见县官不必下跪，在未经学官摘掉顶戴，饬革生员科名之前，更不准对其用刑。此外，在参加由学政主持的科、岁考试中名列前茅者也可以补廪，成为廪膳生员，由朝廷发给廪银，享有稳定的“奖学金”。另外，在取得生员身份之后，士子亦可开馆授徒，赚取束脩。古代的塾师基本上由秀才群体构成，故塾师逐渐成为了秀才的专属“营生”。

童生在童试阶段即参加难如登天的考试，童试进学后应试考生的社会地位会有显著提升，这就往往会促使一些童生以身试险，通过“非正常”手段增加考中的概率。在童试的“冒籍”案中，清末状元张謇恐怕是中国科举考试有史以来有名的“犯科”者之一了。

张謇祖籍常熟，生于海门常乐镇，定居南通县。以现在的标准来看，张謇的生源地在南通，需要在南通报考童试。张謇第一次参加童试即铩羽而归，这时有人向张謇的父亲提议：“如皋相对于人才济济的海门，应试得中概率较大，何不借机将张謇过继到如皋的同族名下，这样即可有望高中。”张謇的父亲望子成龙，加之张家三代之内都没有考中功名进入仕途之人，于是犯险让张謇改名张育才，改投到如皋的一位张姓乡绅名下。张謇通过“冒籍”获取了在如皋的应试资格，并顺利地通过县试、府试、院试的层层选拔，一举考中秀才。正值张謇大展宏图之际，意外却发生了。曾经帮助张謇冒籍的中间人，以替张謇保密为由屡次向张謇之父勒索巨财，直至其无力支付而拒绝时，中间人遂将张謇冒籍的事情告到了官府。学官知晓后，斥革了张謇的生员科名，将张謇下狱治罪。张父情急之下散尽家财，四处疏通关系，花费巨金才将张謇保出。人财两空之际，张謇倍感绝望，于是他写信给江苏学政彭久余，主动坦白了自己童试冒籍的行为。彭久余心知张謇是难得的人才，动了恻隐之心，遂上奏朝廷，免了张謇的冒籍之罪，将张謇发回原籍海门。

此后，张謇为一扫前耻，更加勤奋刻苦地学习，连续斩获秀才、举人的功名，并在1894年甲午恩科殿试中一举夺魁，高中状元，成为众人眼中的云中龙。

古代的科举考试也存在不少冤假错案。光绪六年浙江科举考试匿丧案卷底稿就记录了一桩“匿丧”案件。清代科举制度有明确的规定，凡应考士子遇父母去世，须服丧期三年，期内不能参加任何科举考试（长子去世，以长孙为承重孙，应服祖父母之丧，亦不准应试），谓之丁忧。未满丧期而应试者则称为匿丧。据案卷底稿所载，光绪六年，浙江处州府宣邑南乡七都一水头庄有一贡生，名叫周国钱，年55岁，育有六子，长子周士屏（童生），次子周士魁（生员），三子周士藩（童生），四子周士英，余皆为幼童。周国钱的长兄周国钦和弟弟周国锦早年身故乏嗣，遂应母亲涂氏之命将其时尚在幼年的次子士魁过继给长兄国钦，将三子士藩过继给了弟弟国锦，并由周国钱的侄子周炳奎作为见证人，立下了一纸文书，并将此项更改刊刻载入族谱。过继之事，本也平常，但后来事情的发展，却超出了周国钱的意料，更因此引来了一场难解的官司。

贡生周国钱在庄里颇有家资，其侄周炳奎却游手好闲，时常去周国钱家中讨便宜。适逢光绪四年八月，周国钱发妻项氏去世，一年后的冬月，周国钱为三子士藩办理了婚事。此外，周士藩于光绪六年报名参加了童试，且通过了县试的前两场考试。就在此时，周炳奎的出现，打破了周家原本生活的平静。周炳奎串通本县廪生鲍振均妄图诬陷周士藩在服杖期时婚娶，并匿丧不报参加童试，借此勒索周国钱的钱银。周国钱则认为两个儿子在幼年时早已分别过继给兄长和兄弟，应降服为不杖期（一年），未应允侄子的勒索要求。其侄一气之下，于光绪六年三月十五日，一纸诉状将周国钱告到官府。知县得知后，于四月十五日牌示将正要参加县试第三场考试的周士藩扣考（取消了考试资格）。周国钱求县老爷销扣不准，无奈之下于四月十八日奔赴处州府，将事情的原委呈给处州府宪。知府查明大清会典后断定，凡考生过继为人后，遇生父母丧，应降服不杖期（一年），根据周国钱所述，其次子周士藩服不杖期已满一年，可准予应试，不以匿丧论。此案中，因县试已经发案（考试录取名单已出），且周士藩已通过县试正场，可不必补考，在案尾附名即可。根据知府的判定结果，知县撤销了对周士藩的扣考，另于案末附名，允许周士藩参加下一阶段府试的考试。经过半年的辛酸诉讼，周国钱一家的冤案才算得以完结。

纵观古代的科场案，无论是妄图巧取功名的士子还是纷繁复杂的科场冤案，皆由“功名利禄”而引发，每想至此，心中不由增添一分平静，做人、做事还是要踏实一些的好。

科场异闻录

在我认识的诸多藏友中，浙江衢州的王汉龙兄是较有名气的一位，其由一名“打工仔”，成长为收集、保护古旧书籍的收藏家，传奇经历多次被媒体报道，当地人称之为“旧书守望人”。他在孔庙旁经营的“青简社”远近闻名，2018年央视制作了一部名为《书迷》的四集纪录片，从做书、开书店、淘书、贩书等角度讲述爱书人的故事，王兄的“青简社”作为为数不多的旧书店代表被选录其中。我与王兄也是通过“书籍”而结识的。大概在十余年前，王兄开了一家书店，名为“水亭书社”（即“青简社”的前身），所售书籍分类清晰，且品种较为稀见，独具地方特色，常引起我的关注。王兄性格直爽，与我性情相投，故一来二去我们便成了朋友。多年来虽然我从王兄处购得的与科举教育相关的文献并不太多，但是从其处购得的同治年刊印的《科名宝鉴》，就让我颇为“惊喜”。

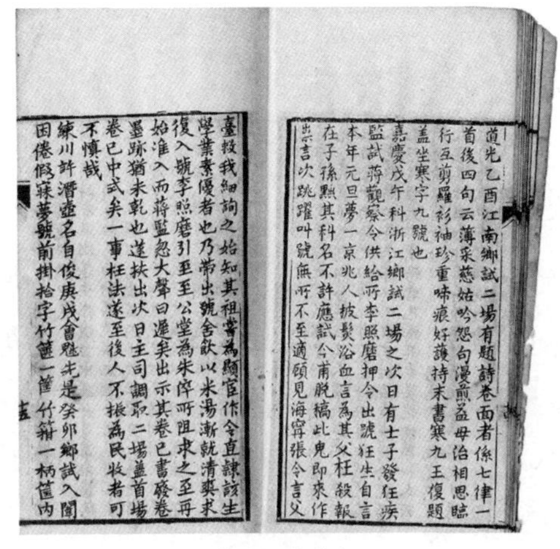
道光乙酉江南鄉試二場有題詩卷面者係七律一首後四句云薄采慈姑吟怨句漫煎益母治相思臨行互剪羅衫袖珍重啼痕好護持末書寒九王復題蓋坐寒字九號也

嘉慶戊午科浙江鄉試二場之次日有士子發狂疾監試蔣觀察令供給所李照磨押令出號狂生自言本年元旦夢一京兆人披髮浴血言為其父枉殺報在子孫黜其科名不許應試今甫脫稿此鬼即來作祟言次跳躍叫號無所不至適頤見海寧張令言父臺殺我細詢之始知其祖嘗為顯官作令直隸該生學業素優者也乃帶出號舍飲以米湯漸就清爽求復入號李照磨引至至公堂為朱倅所阻求之至再始准入而蔣監忽大聲曰遲矣出示其卷已書發卷墨跡猶未乾也遂扶出次日主司調取二場蓋首場卷已中式矣一事枉法遂至後人不振為民牧者可不慎哉

練川許濬壺名自俊庚戌會魁先是癸卯鄉試入闈因倦假寐夢號前掛拾字竹筐一筐竹箱一柄筐內

《科名宝鉴》

《科名宝鉴》实际上是带有封建道德、迷信色彩的科场异闻录。据该书所载，作者为浙江秀水的“心如居士”。此心如居士是作者的号，并非真名。在古代，戏子或说书人的社会地位是极为低下的，且其三代之内不准参加科举考试、步入仕途，故作者在完成此杰作后，不敢留下真实姓名。该书留存甚少，经查只国家图书馆藏有一册。据国家图书馆对该书作者的考证，心如居士系浙江秀水人陈心如。而关于陈心如，目前还未见有详细信息记载，这又增添了我的好奇心：熟悉科场诸事的他，是一名秀才？抑或是举人？又或者是一名科场失意的士子呢？只能待以后进一步查证了。

待拆开王兄寄来的快递后，我着实“惊喜”了一番。原来，正当我痴迷地翻阅书中所载的“惊悚”的科场异闻之时，突然从书中爬出一只书虫，吓得我几乎将书甩了出去。稍作镇定后，我戴上了专用手套，将这只小东西捏进了垃圾桶，扔了。平心而论，在十余年的收藏经历中，虽然虫蛀、鼠咬的书籍买过不少，但是此等“活物”还是头一回碰到，我当即发信息打趣王兄：“汉龙兄，我买你一册科场异闻录，你怕不够料，顺道将一只衣鱼寄来给我了。”汉龙兄掩面一笑，未置他言。当然，此也足以印证“汉龙出品”一手货源、天然无污染的特点了。

将此书拍照、重新打包收整后，我又提起兴致继续研究《科名宝鉴》的内容。该书收入数十个小故事，每个故事篇幅都很短，分别讲述明清时期的科场异闻。故事内容多涉及士子，常以某人物违反封建伦理道德而遭遇鬼神缠身或者科场落第为题材。例如其中一则提到：“昌裔杜某，年少有才名，窥邻女色美，自诱其妻召使刺绣，因与通焉。久之事觉，女之父虽贫儒家子也，耻与讼官，驱女自尽。生后入试，见女披血衣，带引多鬼鞭挞，令自供其事，言毕七孔流血死于场屋。”故事的主人公杜某因与邻家女私通，致使此女自尽，故被厉鬼纠魂于科场。

在另一则故事中，作者以短短数行共50字，讲述了发生在康熙年间的乡试案，“康熙乙酉（1705）江南乡试，一生领卷入场，忽有鬼于卷上大书‘好谈闺阃’（闺阃，闺房隐私）四字，急以袖拂之，纸漫烂而字不灭，遂弃卷出场，归途病死”。

事实上，明清时期以此类题材为主题的书籍还有很多，且多以乡试为主，其中以清代新会人吕相燮所辑《唐宋科场异闻录》《前明科场异闻录》《国朝科场异闻录》系列书籍流传最广，版本甚多。从某种程度上说，此类故事结合乡试贡院森严、残酷的科场形象，结合因果报应之说，附之以鬼神之论，极大符合诸多备考秀才的猎奇胃口，属于当时的“畅销”书籍。

那么，在古代的乡试中，真如书中所言，发生过很多科场命案么？就命案而论，确实是有的，而且为数不少。进一步说，乡试中命案的频发，是有其内在原因的。

其一，考生精神压力大。

科举考试制度中，童试又称为秀才试、小考或小试，属于“进学”试，即童生考中秀才后，才算进入官学。而乡试则更为重要，相当于“出仕”考试。一般而言，秀才通过乡试的选拔后，即使未能入仕当官，其地位也可与一般的县官平起平坐了。乡试的重要性自不待言，然而，乡试同样堪称最为艰难的考试。一般说来，除了为“新帝登基”或皇帝、太后大寿而开设的恩科不受年份限制外，乡试常科为三年一举，考生参加乡试的机会非常少。此外，各省乡试的指标相当少。以明清时期最大的乡试考场江南贡院为例：江南乡试包括江苏和安徽两省的考生，应考人数多达 2 万余人，但是举人的指标只有 150 名左右，其他省份，诸如云贵等偏远地区，举人的指标只有 50 人左右。鉴于举人指标的稀少，各省学政于乡试前会举行科试，从秀才中甄选，并授予参加乡试的资格，这类考试又称为录科和录遗，这样又造成了大批秀才连参加三年一举的乡试资格都难以获得。因此，在如此残酷的竞争环境中，应考士子的精神压力普遍较大，出现精神问题的概率也随之加大，也就不难解释乡试考场“鬼怪”袭人之传闻了。

其二，乡试考场硬件设施差。

乡试贡院中的号舍是士子参加考试之地，贡院的号舍分为东、西文场，按照千字文来排列，每一字号有号舍若干间。单个号舍高约八尺，进深四尺，左右宽三尺。号舍内壁有砖托，分上下两层，号舍中置有号板两块。考生白天写作时，于上、下砖托各放一块号板，分别作为伏案和座位；待夜间睡觉时，又可将两块号板并排放置于砖托上，作为床铺。由此，考场硬件设施之差可窥见一斑。

其三，对考生体质要求高。

乡试的考期多在八月，又称为秋闱，尚在酷暑时节，两万余士子在闷热狭窄的空间，呼吸着弥漫粪便气息的空气，吞咽着考篮中携带的极易变质的饭菜，中暑、食物中毒等事件频繁发生。同时这样也容易滋生和传播病菌。因此，三场九天的乡试对考生的身体素质有着极高的要求，稍有差池，考生便会殒命科场。更为恐怖的是，古代尚未发明电灯，很多考生有夜考的习惯，可以想象，上万个相连的号舍，随便一个烛台的跌落，就可能会使众多的士子死于非命，而这些科场血泪命案确也真实地存在于历史文献的记载中。由此一来，历科乡试命案也为此类科场异闻事件提供了丰富的题材。

相校于古代的考场，当下的考生享受着空调、电扇等营造的舒适的考试环境，又享有相对轻松的考试日程，营养方面就更加全面了，面对如此优越的环境，或许真的可以把“压力”二字抛之九霄云外了。

经济特科状元与“一门三进士”

云南省历来属于科举小省，应试人数少，中额也不多，其乡试举人名额大概只有四五十名，是顺天、江南等地的四分之一。甚至有研究称，在元代之前，云南是相对独立的地区，是不参加科举考试的，自元朝开始，云南学子才有了参加科举考试的机会，且由于地处偏僻，得中的举人、进士很少。然而，云南省在千年的科举中还是有很多亮点，尤其是云南省的石屏县，就出过云南唯一的一位状元——袁嘉谷。

袁嘉谷（1872—1937），字树五，号树圃，晚年自号屏山居士，石屏人。袁嘉谷5岁发蒙，10岁即能吟诗作对，20岁左右便中了秀才。其后，袁嘉谷前往昆明肄业，入读有名的经正书院。在袁嘉谷之前，云南从未出过一科状元，云南的地方官绅为了改变文运，曾在昆明修建了一座“聚魁楼”，盼望能改变这一尴尬现状。1892年，云南提督学政张建勋倡议重修“聚魁楼”，鼓励绅商仕民捐款。当时在昆明读书的袁嘉谷闻讯，也捐了六钱银子。1895 年，聚魁楼修缮完毕，八年后的 1903 年，袁嘉谷即高中经济特科状元，打破了云南省零状元的局面。袁嘉谷中状元的喜报传到昆明后，全民沸腾，时任云贵总督的魏光寿更觉脸面有光，特请书法家钱登煦题写“大魁天下”四个大字匾额，悬挂于聚魁楼上，从此，聚魁楼就被云南的百姓誉为“状元楼”。袁嘉谷此后历任翰林院编修、国史馆协修、浙江提学使等职，其间曾赴日本考察学务、政务。辛亥革命后，袁嘉谷返回家乡云南，应蔡锷之聘担任省参议员、省图书馆副馆长、省通志编纂等职，还在唐继尧所办之私立云南东陆大学执教 15 年，培养了大批人才。石屏县至今仍保留有袁嘉谷故居，位于石屏县城异龙镇南正街，该处建筑仍保留了清代的风格，现已为云南省文保单位。

云南的石屏县，除了状元袁嘉谷之外，还以“一门三进士”闻名。在石屏县曾流传“八子联镳三进士，九旬上寿一将军”之说，其中讲的就是石屏罗家武进士三兄弟——罗长春、罗长华、罗长林。罗氏兄弟的始祖由明洪武年间从征入滇，屯居石屏北乡老卫寨。此后罗家铸剑为犁，以耕读为生。至清道光年间，后世罗启堂迁居石屏城东，弃木匠职业改习武经商，后中武举，遂成为武略世家。

罗启堂育有八子五女，二子罗长春为光绪庚辰（1880）科武进士。罗长春最初任都匀守备，后来中法战争爆发，罗长春率滇军入越抗击法军，得胜归来的途中不幸身患疟疾而病故，被朝廷追封为参将。罗启堂的三子罗长华和四子罗长林兄弟二人则更为传奇，他们于1888年同应光绪戊子科云南乡试，在乡试外场的考核中，二人马箭六矢全部命中靶心，赢得满堂喝彩。最后通过一系列角逐，罗长华高中第二名亚元，罗长林摘得乡试第十九名。那一年罗长华28岁、罗长林只有15岁。第二年，罗长华兄弟同赴春闱，高中光绪己丑（1889）科武进士。

其后，罗长华初任荆州守备，后被奏升为副都统衔江苏水师统带，兼管苏防营务。辛亥革命后，罗长华被乡民举为都督，主持石屏的军政事务，并宣布石屏光复。在此期间，罗长华积极筹粮，训练团勇，剿灭匪患，安定乡民，备受乡民拥护。

罗长林则被封为御前蓝翎带刀侍卫、乾清宫行走。庚子年（1900）八国联军入侵北京城，罗长林奉命护送慈禧太后和光绪帝逃亡西安，在护送途中，恰逢其夫人临产，而临时离队。慈禧太后知晓后，大发雷霆，下令全国通缉。

此事亦连累罗家被贬为庶民。

罗启堂因所育三子均为武进士，且功名显赫，被朝廷诰授为武功将军，因此，其家门立有“将军第”“侍卫府”的牌匾。后来罗长华为了纪念父兄所建功绩，筹建父兄祠堂，名曰“宣武堂”。几年前，云南杨兄在偶然间找到了一方当年建筑“宣武堂”的石砖，并将该砖惠让与我。据说“宣武堂”后来被拆除，挪作他用，祠堂砖也散落于各处，被用来修建民房。在云南大兴旧城改造时，这些祠砖又被再次丢弃于废墟之中，几近被毁。而这块遗珠能幸免于难，被我收藏，着实为一件幸事。

该砖长宽 30cm × 15cm，高 8cm，厚重而结实。砖的四周有铭文浮雕，分别刻有“石屏罗长华”“清光绪己丑科进士”“钦命副都统衔江苏水师统带”“建筑父兄祠堂砖”字样，从这些遗留的斑驳痕迹中依稀还可以看到当年罗氏一门的盛迹。

宣武堂石砖

此外，石屏的朱家还出了一门文科叔侄三进士，即朱家学、朱雘兄弟与叔叔朱淳三人。在道光己丑（1829）科殿试中，朱家学取中三甲第六十六名、朱雘考得三甲第五十三名、朱淳摘得二甲第一名。其中，朱雘曾官至陕西布政使，著有《积风阁近作》《绿杉野屋试帖》《味无味斋诗钞》《居敬持志斋制艺》《关中皖南文献存雅》等数种，其诗文苍劲又不失儒雅，尽显其广博的胸怀。现择其两篇诗文照录如下，以为结语（两首诗文录自徐世昌《晚晴簃诗汇》）。

过老鹰崖

众山如鸟雀，突兀见苍鹰。
侧翅尔谁搏，盘空我独登。
虎狼俱辟易，草木尽飞腾。
绝似骑鹏背，扶桑看日升。

紫藤歌

老藤百尺盘高空，老树三株藤所宗。
藤非缘树不得上，贤才下位将毋同。
藤吾语汝慎厥附，此身要托青青松。
不然文梓或香枫，莫随樗栎夸密蒙。

樗栎柯叶徒高大，蝼蚁窟宅鸱鸮宫。
藤体虽柔藤性健，嗟彼虫鸟焉能容。
不苟凭依乃足贵，屈伸在己藤犹龙。
暮春三月吹香风，花垂天半开紫红。
铜章暂卸得休暇，俗吏忽欲为诗翁。
奔走奚奴邀耆老，对花一醉朱颜烘。
藤兮藤兮劝汝一杯酒，我惭无用藤多功。
杖汝可以扶颠蹶，服汝可以医疲癃。
裁汝作纸利文字，制汝作铠资兵戎。
汝不倚花逞恣媚，论花亦足称花雄。
金绳铁索神纽结，流苏百宝悬云中。
满园牡丹不敢艳，下风甘拜如儿童。
壁上画师殁已久，谁能意匠争天工。
我友五人尽豪翰，清词丽句相玲珑。
江淹彩笔吾不梦，藤花开落春濛濛。

连中三元

木铎堂收藏有一块梓潼帝君的木雕印板，该板长方形制，长宽为 14cm × 26cm，采用常见的“阴雕法”制成。板中所雕刻的梓潼帝君人物形象饱满，手持如意，端坐殿中，显得尤为沉静、庄重。天头雕刻“梓潼帝君”四字，四周有边框。该印板来自浙江衢州，因南方潮湿多雨，故板面分布了很多虫孔。

梓潼帝君又称文昌帝君，是传说中主管文运的星君之一。我藏入此印板时，正值高考前夕，我与朋友们戏称“家里有考试的、想要博取功名的同志们可以上香火了”，惹得众人发笑。虽然在现在的很多人看来，这样的“把戏”已经过时了，甚至带有浓郁的封建思想，但是在古代的学子看来，梓潼帝君、文曲星即是他们心目中的“考神”，有着吉祥的寓意。相信很多九零后也看过一部名为《新白娘子传奇》的连续剧，剧中传奇人物许仕林之“仕林”二字，寄托着仕途平顺、拔萃翰林之意，而许仕林“文曲星”的身份则更为耀眼，预示其仕途必然通达。在法海将白素贞镇压于雷峰塔之时，曾断言：“二十年之后，待文曲星中状元之日，就是你出塔之时。”据查，连续剧《新白娘子传奇》取材于清代梦花馆主人所著《白蛇全传》和大约刊行于嘉庆十一年（1806）的《雷峰塔奇传》。可以想到的是小说的创作者多为士子，因被科举考试所累才有了笔下传奇人物许仕林的出现，一出生就可以把“状元”的指标毫无悬念地取走，即使身无分文，居住陋舍，亦可高中状元。

除了信奉文昌帝君和文曲星这样的“考神”外，还有很多与科举考试相关的吉祥话、暗示语。如三元及第、联捷及第、连中三元等等。诸如此类的吉祥语也几乎渗透到了古代社会的各个方面，如古代的门窗、铜镜、花钱、饰品等民俗物品常以“三元及第”“状元及第”这类的题材作为图案。在古代的应试教育中更是如此，如婴儿出生时佩戴的状元银锁，学童发蒙时使用的印有状元巡游图案的蒙学课本，书院和官学肄业考课时版心印有“状元及第”“连中三元”字样的试卷，乡、会试卷夹……这些图案几乎出现在科举考试所涉及的方方面面。

“连中三元”中的“三元”，在科举考试中分别指代乡

梓潼帝君木雕印板

试、会试和殿试中的第一名，其中乡试头名称为解元，会试称会元，殿试头名称为状元。事实上，“三元及第”通常被看作是一件遥不可及的事情，或被当作一种信仰、前进的动力。以乡试为例，参加乡试的考生少则数千人，多则两万余人，而乡试的中额只有数十、上百名，录取概率大约只有千分之五，而拔得头筹的希望则更为渺茫。即便士子在本省的乡试中幸运夺魁，在接下来全国举子春闱的比试中名落孙山也是常有的事情。清代名臣纪晓岚于乾隆十二年（1747）夺得顺天乡试解元，而顺天乡试又是当时国内最大的贡院之一，其实力已然了得。然而，在随后的1748年的春闱中，纪晓岚名落孙山。殿试时的不可控因素更多，因出题、取中全由皇帝完成，君王的喜好占有相当大的比重，用一句时髦的话讲就是"不按套路出牌"。清代甲辰（1904）科状元刘春霖就是一个鲜活的案例。当殿试完毕后，主考官预先将选好的10份试卷排好名次呈慈禧太后审阅，慈禧拿起第一名的试卷，觉得此文章确实出众，颇觉满意，然而当她看到此考生姓名时，顿时失色。原来此考生名为朱汝珍，此"朱"字已觉不祥，与前朝皇帝朱元璋同姓，且与"诛"同音。更令慈禧太后不快的是，朱汝珍的"珍"字让她联想起被自己害死的珍妃。此外，朱汝珍的履历中提到其籍贯为广东，而慈禧当时最不喜欢的就是广东人，那里出了洪秀全、康有为、梁启超，对慈禧太后来说，广东就是出"叛逆"的地方。在看到第二份试卷时，刘春霖的"霖"字令慈禧非常欢喜，"久旱逢甘霖"正是当时摇摇欲坠的清政府所急需的，而刘春霖的籍贯在直隶河间，也与自己较为亲近。就这样，急切盼望转运的慈禧太后，将可怜的朱汝珍从第一名挪作第二名，使之与状元失之交臂。

虽说“连中三元”属于极小概率事件，但是科举考试沿用千年，还是出现了几位“极品”才子。据相关统计，延续千年的科举考试中，共有十八位考生有幸连中三元。其中，十五位文科“三元”为唐朝的张又新、崔元翰，宋朝的孙何、王曾、宋庠、杨置、王若叟、冯京，金朝的孟宋献，元朝的王宗哲，明朝的黄观、商辂，清朝的钱棨、陈继昌、戴衢亨。三位武科“三元”分别是明朝的尹凤、王名世，清顺治年间的王玉璧。此十数人皆为以绝对的实力碾压当时的士子，堪称人中龙凤。例如宋朝的王曾，其祖上为福建泉州官宦世家，幼年时丧父，随叔父一起生活，后迁居山东青州。其自小才智过人，又好学苦读，很早就中了秀才，并一路过关斩将，连中三元。在殿试中，宋真宗出题《有教无类赋》，王曾下笔如有神，以“神龙异禀，犹嗜欲之可求；织草何知，尚薰莸而相假”博得皇帝赏识，钦点为第一名状元。王曾中状元后曾给叔父写信，“曾今日殿前，唱名忝第一，此乃先世泉州王审邽积德，大人不必过喜”，尤显大才之风。王曾后来凭借其出色的政绩，一路由监承、通判等职做到了礼部尚书、宰相之职，在其去世后，被皇帝追谥文正，以彰其功绩。武三元中，尹凤的始祖尹荣是一名千户，曾追随朱元璋起义，为明王朝的建立立下过汗马功劳。尹凤夺魁后先后被授为中都留事、福建参将、浙江都司等职，在职期间屡建战功，是明朝著名的抗倭将领。后奉诏入京，提督京城巡捕，成为神宗的得力卫将。

此十七人当中，明朝洪武年间的黄观和清朝乾隆年间的钱檠更是极为珍罕的“六元及第”。原来“三元”又分为大三元和小三元，“大三元”即乡试、会试、殿试的头名，而“小三元”，则指代连得童试中的县试、府试、院试第一名案首者。也就是说，这两位“学霸”真正实现了科举考试全方位无死角地碾压对手，堪称“一直被模仿，从未被超越”的传奇人物。

金榜篇

纪晓岚之谜

或许是由于收藏和研究教育史文献的缘故，近些年我越发喜好听一些古典音乐，甚至一些以前不爱听的“京剧”“黄梅戏”等各类戏曲，现在也觉得十分悦耳，这大概是我多年受“厚重之物”浸染，渐渐改变了心性。我虽然缺乏“追剧”的热情，但是也喜欢一些历史题材的电视剧，如《康熙王朝》《宰相刘罗锅》《李卫当官》等。然而，出于收视率的考虑，影视剧中的历史人物多脱离了人物本身的真实形象。以《铁齿铜牙纪晓岚》为例，剧中幽默诙谐的对白、令人捧腹的桥段、扣人心弦的情节，再现了纪晓岚刚直守正、秉公执法的“铁齿铜牙”形象，而事实上，历史上真实的纪晓岚还有不为人知的一面。

年少成名

纪昀（1724—1805），字晓岚，别字春帆，号石云，道号观弈道人、孤石老人，直隶河间人。纪晓岚的祖籍在应天府上元县（今江苏南京），明永乐二年（1404）间，纪家受明成祖“迁大姓实畿辅”之策，举家迁徙至直隶河间府献县。至雍正年间，纪家成为当地享有威望的大家族。纪晓岚的祖辈皆为饱读诗书的开明士绅，其祖父纪天申为监生，做过县丞，父亲纪容舒为康熙五十二年（1713）举人，历任户部、刑部属官。据传纪晓岚出生前一天夜间，“火精”从天而降，落入纪家，其祖父纪天申被惊醒后，看见桌子上的火烛烛芯爆出几朵火花。第二天，纪晓岚便出生了。梁章钜在《归田琐记》中记载：“世传名人前因，皆星、精、僧，此说殆不尽虚。相传纪文达师为火精转世。此精女身也，自后五代时即有之。每出见，则火光中一赤身女子，群击铜器逐之。一日复出，则入纪家，家人争逐，则见其径入内室。正哗然间，内报小公子生矣。公生时，耳上有穿痕，至老犹宛然，如曾施钳环者；足甚白而尖，又若曾缠帛者，故公不能着皂靴。公常脱袜示人，不之讳也。”

纪晓岚自幼聪慧，他的祖父纪天申对他宠爱有加。纪晓岚10岁时，便出口成章，当地的百姓均称纪晓岚为“小神童”。纪晓岚开蒙之时，家人常为聘请合适的塾师而发愁。据传有一次纪家聘请了一位黄姓的举人任教，这位黄举人是江南的才子，喜欢吟诗作对，与纪晓岚见面后即有意试探这位学生，出了一道题目，让纪晓岚对下联。上题为“眼珠子鼻孔子朱子反在孔子上”，其中朱子指宋朝的理学大家朱熹，暗喻朱子在孔子之上。在旁的纪天申听后着实捏了一把汗，怕纪晓岚难以对出下联，正在其忐忑之际，纪晓岚随口答出“眉先生须后生先生不及后生长”。此对一出，令黄举人颇为难堪，引得在场的纪天申捧腹大笑。

纪晓岚21岁中秀才，23岁时即在乾隆丁卯科（1747）顺天乡试中拔得头筹，考得解元，可谓年少得志。然而，纪晓岚在第二年春闱中表现得并不理想，遗憾落榜。习惯了一帆风顺的纪晓岚遭受了挫折，正当苦苦备考三年的纪晓岚想再次踏入春闱考场时，他的母亲去世了，按照科举定制，凡遇父母之丧，士子须丁忧守孝3年，在此期间不得参加任何考试。因此，纪晓岚又足足等待了3年，才得以参加1754年的会试。幸运的是，纪晓岚顺利抓住了此次难得的机遇，考得第二十二名贡士，并在随后的殿试中考得二甲第四名，入翰林院为庶吉士，授编修，开始了为官生涯。这一年，纪晓岚三十而立。

诗文范本　风靡盛行

纪晓岚为官后履历颇丰，先后担任过福建学政、侍读学士、编修等职。纪晓岚以学问文章着声，并受皇命任《四库全书》总纂官，经营13年，校理《四库全书》凡三千四百六十余种，约七万九千三百三十九卷，分经、史、子、集四部，并亲自参与撰写《四库全书总目提要》，凡二百卷，详述古今学术源流。

纪晓岚在科举考试中的声名及影响力非常大，尤以试帖诗范文流传最广。试帖诗是科举考试中用到的一种诗体，又称为“赋得体”。试帖诗始见于唐代，当时的试帖诗称为“唐律”，一般用四韵、六韵，分为上下联，下联押韵，称为一韵。宋神宗时，试帖诗被取消，自清初又得以恢复。清代的试帖诗要求更为严格，童试中所考试帖诗为五言六韵，书院考试、乡、会试则用五言八韵。试帖诗全用“仄起格”，即第一句的前两字用仄声，第二句的前两字用平声。五言八韵要求诗文每句话由五个字构成，上下联两句为一韵，共八韵。其中，得“某”字五言八韵即规定试帖诗中须将“某”字押入韵中。以山西晋阳书院续恩伦第超等三十六名试卷的试帖诗为例，其文如下：

赋得松气满山凉，得凉字五言八韵

老干空山直，森森冠众芳。
恰逢松气壮，好似雨声凉。
百尺凌云色，千重伴月光。
蒸薰凭木性，洒润借天浆。
鹤骨由来瘦，龙鳞到处苍。
香犹凝峻岭，冷岂逼清霜。
秀结烟林外，轻笼石径旁。
自然高节在，尔室试参详。

试帖诗之所以采用八韵排律的要求，就是为了符合八股文的结构，试帖诗在乡试和会试的考试中用于第一场，即四书、诗文题。而乡试或会试的第一场相对于第二场五经题、第三场策问题来说，尤为主考官所重，录取与否几乎全凭于此。因此，试帖诗的好坏在很大程度上影响了考生录取的概率。备考应试的士子为了提高录取概率，均会购买权威的范文进行参考、练习，而精通试帖诗写作的纪晓岚所编著的资料则被历代考生视为最佳的“备考伴侣”。

据纪晓岚的学生刘权言，“余师晓岚先生官翰林二十年，凡为文章伸纸即成，无所点易。著试帖及小赋亦然。清美流逸，圆转曲折，无夸多斗靡、争奇炫异之习。而读者自无不饫适……唐制以下笔千言制科，余所见，盖惟先生能之”。刘权所言非虚，纪晓岚的试帖诗自乾隆年时即被士子争相揣摩，此后历代均有刊行，是响当当的试帖诗“标准教材”。木铎堂所藏纪晓岚所著最早的试帖诗范本为乾隆戊戌年（1778）六月会文堂版《馆课诗赋存稿》，另收藏有嘉庆壬戌年（1802）、甲子年（1804）、同治壬申年（1872）等《河间试律矩》数种。此外，纪晓岚还编有《唐人试律说》《庚辰集》等，这些书籍也颇为盛行。

有趣的是，纪晓岚所编著的科场试帖诗著作并非有意而为之，而是养病期间读书教子的内部教材，这在纪晓岚的《庚辰集》中就有言在先：“余于庚辰七月闭户养疴，惟以读书课儿辈，时科举方增律诗，既点定唐试律说，粗明程式，复即近人选本，日取数首讲授之。阅半岁余，又得诗二三百首，儿辈以作者登科先后排纂成书，适起康熙庚辰至今乾隆庚辰止，因名之曰‘庚辰集’。”纪晓岚的家教

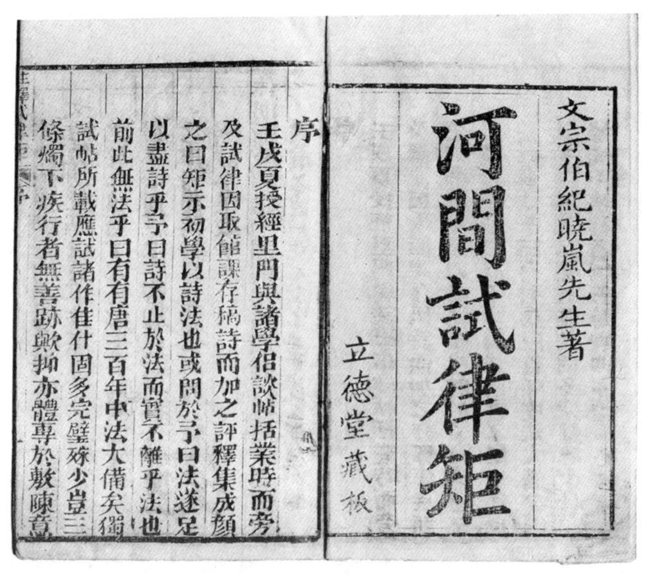

文宗伯紀曉嵐先生著
河間試律矩
立德堂藏板

序
壬戌夏授經里門與諸學伯談帖括業時而旁
及試律因取館課存稿詩而加之評釋集成顔
之曰矩示初學以詩法也或問於予曰法遂足
以盡詩乎予曰詩不止於法而實不離乎法也
前此無法乎曰有有唐三百年中法大備矣獨
試帖所載應試諸作佳什固多完璧殊少豈三
條燭下疾行者無善跡歟抑亦體尊於敷陳意

嘉庆壬戌年《河间试律矩》

内部教材因何缘由面世如今已不得而知，不过却因其梓行而惠及了万千的学子，养病期间编得此风靡于世的范文，纪晓岚真堪称古代的“学霸”了。

魏源的“朋友圈”

我们生活的这个世界很大，对生活在其中的人们来说，它也相对很小。在日常生活中，我们时常会惊讶于身边发生的“巧事”，很容易通过三两个人与另外一位朋友联系起来。而在历史人物当中，这样的事情似乎更为常见。徐志摩中学时期有一位同学叫郁达夫，徐志摩一个堂兄弟叫金庸。徐志摩还有一个表弟，叫陈从周，是一位园林学大师，而陈从周的岳母又是徐志摩的姑母……19 世纪 60 年代，美国心理学家斯坦利·米尔格兰姆（Stanley Milgram）进行了一个数学领域的猜想，名为 Six Degrees of Separation，翻译过来即为六度空间理论或小世界理论，该理论提出：“最多通过六个人，你就能和世界上任何一个陌生人联系在一起”，该理论似乎在一定程度上能给出相对“科学”的答案。

事实上，人与人之间的联系正是通过一定的社交关系网络实现的。中国以文明友好、注重礼节与情谊闻名世界，正因如此，在“新媒体”时代到来之前，衍生了很多与“朋友圈”相关的东西，例如书信、照片、同学录、贺年卡、明信片、邮票等等。如今，朋友之间的书信往来已近乎奢求，同学录、贺年卡、明信片等也逐渐退出了历史舞台。唯一在“服役”的照片，也成为了很难打印出来的电子数据……人类文明的进步、科技的发展，悄然改变了我们的生活，有好的一面，也有令人伤感的地方。

渐渐地，旧时“朋友圈”成为了收藏品。例如当下市场十分火爆的名人墨迹，我虽未涉猎此类，但也对其中的几位佼佼者，如臧伟强、程道德、方继孝、王金声等先生有所了解。在“朋友圈”的收藏品中，有一类虽然不如名人手札、书信那般星光璀璨，但却最富有“情谊”，这就是同学录。

年少时，几乎每次毕业、升学或者有同学转学，我们均会添置几本同学录，请同窗数年的伙伴签名赠言，对于当时的同学们来说，这是一件极为重要，且具有非凡意义的事情。数年之后，拿起当时的留言簿，还可以感受到同学之间的浓情厚意。

其实，同学录已有百年以上的历史，早在清末民国时期，同学录即已盛行。王家吉曾在 1927 年的河北大学同学录序言中，对同学录的历史有所考证："同学录，亦史之支流也。《汉书·艺文志》世本十五篇，班固自注古史官，记黄帝以来讫春秋时诸侯大夫……宋明以还，科举盛行，士人得甲乙科者，往往以及第者之名氏，汇为一编，名曰'同年录'。迨筮仕登朝，其服官同僚分曹治事者，则又有题名碑、同官录之刊，斯风盛清尤盛。其诸学校同学录之滥觞欤！"

与科举考试相关的同学录种类有多种，包括乡试或会试收录同科考试中式士子名录的同年录、题名录、明经通谱，也有以被同一个乡试房官荐卷录取的同房朱卷，等等。木铎堂藏有清代、民国的同学录，最有名气的要属道光二年（1822）壬午科魏源的乡试同年录了。魏源（1794—1857），名远达，字默深，湖南邵阳人，是中国近代启蒙思想家，近代中国"睁眼看世界"的先行者之一。其所著《海国图志》详细介绍了世界各地的历史、政治、风土人情，主张学习西方国家的科学技术，并提出了"师夷长技以制夷"的中心思想。据传，魏源出生前夜，其母亲梦见一位头戴古冠、身着古衣的人，手中拿着一枝巨笔和一朵金花送给她说："这是送给你儿子的。"梦醒之后，魏源便出生了。有趣的是，此梦确实给魏源带来了好运气，其在 15 岁时即已进学成了秀才。在童试的县试考核中，县令特点中魏源进行面试，随手指着茶杯上画的太极图，说道：“杯中含太极。”意思是让魏源对答下联。魏源的衣服口袋中正好装着两个麦饼，他灵机一动，回了一句：“腹内孕乾坤。”县令叹道：“此子如此聪颖，将来必成大器。”后来，魏源因屡次科考成绩优异，于 17 岁时补廪，成为拿着国家廪银的廪膳生员，名声日隆。随后，魏源开始授徒，从教者接踵而至。嘉庆十八年（1813），魏源参加十二年一举的拔贡考试，顺利得中，随父亲一起进京。在居京期间，魏源遍访名师、虚心求教，结识了龚自珍、汤金钊、胡承珙等士绅，学问日进。魏源因属拔贡生，在国子监肄业，具有参加顺天乡试的资格,但是在嘉庆二十四年（1819）及道光元年（1821）的两次顺天乡试中，魏源均未中式，仅得了乡试副榜的头衔。副榜为乡试中额之外，选中的部分考生，虽不是举人，但可免去录科、录遗之乡试资格选拔考试，直接参加下一次乡试。最终，魏源于道光二年壬午科中考得顺天乡试第二名亚元。

此道光二年《壬午乡试各省同年全录》分为元、亨、利、贞 4 册，收录不同省份的的中式举人，元册收录顺天、江南、江西、福建的，亨册收录浙江、湖北、湖南、河南四

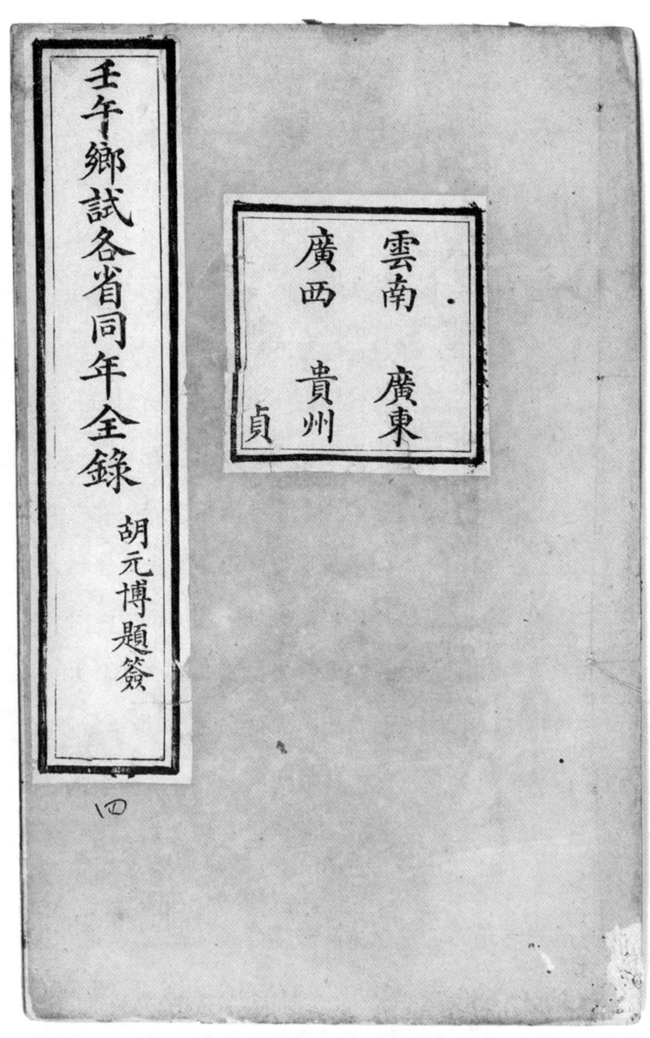

壬午乡试各省同年全录 贞册

省的，利册收录山东、山西、陕西、四川四省的，贞册收录云南、广东、广西、贵州四省的。各省中式举人名录前首先须载入本省正副主考官职履历，其后按照举人所获乡试名次依次刊入。唯顺天乡试，在正副主考后首先录入旗人子弟中式名录，再按照汉人中式先后刊入举人信息。各省举人名录之后，也录入乡试副榜的名录。同年录每页可刊入四名中式举人，填写的信息包括姓名、字号，家中排行、出生年月、家庭住址、所任职衔、三代履历等等，内容十分丰富。魏源的信息被刊录在元册顺天乡试卷中，以乡试亚元排在第二位。据书中记载，魏源字默深，湖南宝庆府邵阳县人，任职内阁中书，然而魏源的出生年月、家庭住址、三代履历等信息并未载入。据吴钟骏所题序文所载，此同年录为胡元博倡议于道光十三年（1833）刊刻，属于补编，故对一些举人的信息采集不够完整。据同年录元册记载，胡元博字彦文，号小初，行二，嘉庆庚申年(1800)十二月十七日吉时生，广西桂林府临桂县人，任刑部主事，考得顺天乡试第二十名举人。正是出于胡元博的倡议，此套同年录才得以传世，吴钟骏对胡元博刊印同年录的行为称赞道：“同年胡小初兄素重年交，忾然有志于此。因搜集道光壬午科各省名录，汇为一编。”同年录中有很多持有者的亲笔批注，对其同年此后数年的“就业动向”进行了追踪，极大地丰富了这套同年录的文献价值。例如，在元册顺天乡试栏中，解元王滌源后来做了浙江萧山县知县，第二名魏源则高中甲辰（1844）科进士，这套书的补刊倡议者顺天乡试第二十名举人胡元博则在己丑年（1829）高中进士。此外还有很多排名靠后的举人在后来的仕途发展中成功逆袭，如顺天第三十三名举人宋良后中壬辰（1832）科进士，任开州知州，第八十一名举人徐耀高中癸巳（1833）科进士，任福建延平府知府后又调任泉州府。第一百一十四名举人黄乐之先后任贵州遵义府知府、浙江杭嘉湖道、山东盐运使等职……从举人乡试之后的发展路径判断，乡试的排名受主考及房官的喜好、考生的个人发挥及运气等方面的影响较大，不确定因素较多，对士子未来仕途的影响非常有限，这个结论也可以印证一个道理：是金子总会发光的。

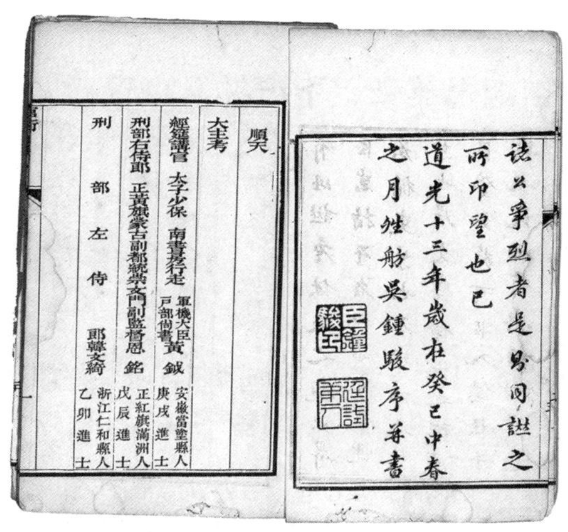

誌以爭埶者是吳同誌之
所印望也已
道光十三年歲在癸巳中春
之月姓舫吳鍾駿序并書

順天
大主考
經筵講官 太子少保 南書房行走 軍機大臣 戶部尚書 黃鉞 安徽當塗縣人 庚戌進士
刑部右侍郎 正黃旗蒙古副都統兼文淵閣副監督恩銘 正紅旗滿洲人 戊辰進士
刑部左侍郎韓文綺 浙江仁和縣人 乙卯進士

道光壬午科乡试同年全录 元册（1）

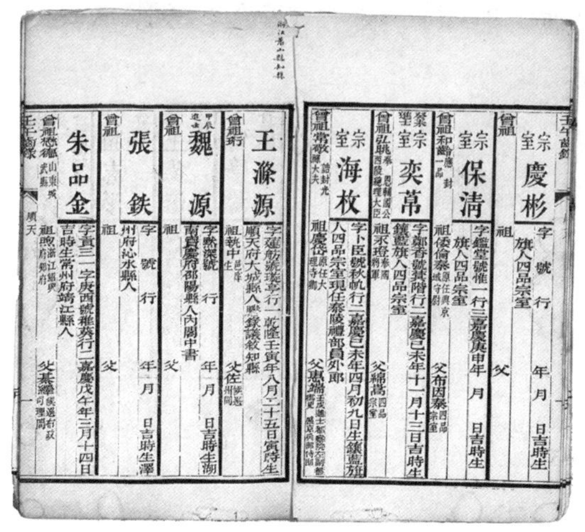

宗室 慶彬 字 號 行 年 月 日吉時生 旗人四品宗室
曾祖 祖 父

宗室 保清 字鑑堂號惟一行三嘉慶庚申年 月 日吉時生 旗人四品宗室
曾祖和齡 祖倭倫泰 父布因泰 四品宗室

宗室 奕蒿 字鄭香號其階行二嘉慶己未年十一月十三日吉時生 鑲藍旗人四品宗室
曾祖弘晀 祖永瑔 父綿㵢 四品宗室

宗室 海枚 字卜臣號秋帆行二嘉慶己未年四月初九日生 鑲藍旗人四品宗室現任泰陵禮部員外郎
曾祖常敬 祖慶岱 父惠端

王滌源 字遲舫號璞亭行一乾隆壬寅年八月二十五日寅時生 順天府大城縣人 錄議敘知縣
曾祖珩 祖執中 父佐

魏源 字默深號 行 年 月 日吉時生 湖南寶慶府邵陽縣人 內閣中書
曾祖 祖 父

張鉄 字 號 行 年 月 日吉時生 澤州府沁水縣人
曾祖 祖 父

朱品金 字貢三一字庚酉號稚莽行二嘉慶戊午年三月十四日吉時生 常州府靖江縣人
曾祖 祖 父基繹

道光壬午科乡试同年全录 元册（2）

虎门销烟逞英豪，不识林君点青衿

林则徐（1785—1850），福建省侯官人，是清代杰出的政治家、思想家，曾任湖广总督、陕甘总督、钦差大臣等职，因虎门销烟而留得万世芳名，成为最受公众爱戴的民族英雄之一。然而，在“禁烟”英雄的光环之下，其在教育领域所作出的杰出贡献却鲜有人知。木铎堂藏有系列乡试点名文献，可展现出一位“不为人知”的林则徐。

道光十二年（1832），林则徐奉命担任江南乡试主考官，在监临江南乡试时，林则徐革除旧弊，大胆创新，缔造了一场声势浩大的“考场革命”，一时间成为全国乡试考场的典范，改革成果也被大力推广。乡试是科举时期秀才（也称青衿）考取举人的考试，乡试的场所在各省的贡院，也有两省共用一个贡院合并考试的现象。江南乡试就容纳了江苏和安徽两省的考生，也称为南闱。江南乡试与顺天乡试（北闱）一起，成为明清时期中国最大的考试场所。顺天乡试举人的名额为150人左右（包含八旗子弟的指标），江南乡试排名第二，大约有100人，云贵等偏远省份举人名额最少，只有50人左右。然而，单以号舍数量论，江南贡院却要更胜一筹，达2万余间，堪称中国第一。然而，全国第一考场的名声也为其带来了相应复杂的问题，诸如历科考试点名进场拥挤踩踏、致死致伤事件时有发生，之前历任乡试考官面对如此大规模的考试，均对事件的发生束手无策。

这一棘手问题，至林公主持江南乡试这一届，得到了彻底的解决。林则徐先全面考察考场形貌，并派人到士子寓所体察民情，广泛听取士子对乡试点名进场的反馈意见。在此基础上，深入剖析士子恐慌拥挤的原因："点名拥挤之故，由于争先，而所以争先之故，由于不知迟速先后惟恐有误听点。因而名次在后之人早占于前，名次在前之人转落于后，愈挤而愈误，亦愈误而愈挤矣。"林则徐认为，如果士子周知迟速先后确有定数，断不致于误点而后可免于争先。随后，林则徐拟定了三路点名章程：派各州府县学按既定时刻加以第一起、第二起字样，以起数为纲，以时辰为目，分中、东、西三路点进，于贡院头门及中东西栅栏口及各处总路口悬挂大字灯旗，注明时辰起数学分，自寅初第一起至申正第十四起止，约计半个时辰放炮一声，同时换旗。其旗上犹恐士子远望不清，并于旗上悬灯，每一起悬灯一个，灯数恰如起数，虽送考不识字之人，亦易辨认。起数未到万无先点之礼，士子尽可在寓所歇息，断不致争先。另外，林则徐添置大字粉牌，每到炮声换旗时，外巡查官令人持牌在贡院近处鸣锣声唤某某起、某某学预备听点。经过多重细致的工作，林则徐担任主考的江南乡试，秩序井然，未发生一起踩踏事件，一时间声名大噪，各省纷纷效仿，更有后来者在林则徐制定的章程基础上进一步完善，极大提高了考场的进场效率，章程一直被沿用到科举制度的终结。

林则徐制定的点名章程，从三个方面带来了巨大的效应。第一，迎合了统治者追求礼法的需要。正如江南乡试监临部院刊给士子十二条中提到："士子彬彬儒雅，自应礼法是尊，况点名已立法度，不致拥挤，庚何用争竞为乎？"第二，挽救了士子的生命。以江南乡试为例，每三年举行一次的大考（乡试），两万多人竞争一百左右的举人指标，尚且艰难，还未踏进考场却已化作冤魂，岂不更觉凄惨？点名章程的制定极大减少了踩踏事件的发生，不能不说是广大士子的福音。第三，考场秩序的提升以及考试效率的提高。上万人的乡试于各省均是难题，从寅时（三点至五点）起，士子便排队等候，至傍晚仍未点进完毕，浩大的工程无论对于考官还是士子，均是极大的消耗。林则徐制定的点名章程，不仅改变了科举考试考场的秩序，更对古代科举制度产生了深远的影响，堪称科举界的“工业革命”。

監臨安徽巡撫部院示

為點名辦定起數時刻以免擁擠事照得點名擁擠之故由於爭
先而所以爭先之故由於不知遲速先後惟恐有誤聽點因而名次
在後之人早佔於前名次在前之人轉落於後愈擠而愈誤亦愈誤
而愈擠矣是必重申舊章俾共知遲速先後確有一定斷不至於誤
點而後可免於爭先擁擠也本科江南鄉試人數至二萬六百餘之
多本院深恐點名遲誤因查照
前監臨撫部院林定立章程略為變通向章派定時刻分為三路點
進第時有一定人數多寡不齊以不齊之人數就一定之時辰恐人
泥於時刻早遲仍易爭先茲照舊派各學聽點時辰加以第一起第
二起字樣以起數為綱以時辰為目人數多寡三路雖同總歸劃一
雖不能確符所定之時而起數較然一定聽點者但認定起數不必
拘泥時辰亦自早遲有準至聽點之時於頭門外及中東西柵欄口
並各處總路口委員懸掛大字燈旗注明時辰起數學分自寅初第
一起始至申正第十四起止約計隔半個時辰放炮一聲同時換旗
其旗上字猶恐遠望不清並於旗上懸燈每一起懸燈一個燈數恰
如起數雖送考不識字之人亦易辨認設該學起數未到萬無先點
之理儘可在寓歇息斷不必先擠上前又添備先時傳知聽點粉牌
每炮響換旗時外巡察官令人持牌在貢院左右近處鳴鑼聲喚某
起某某學預備聽點該學送考教官即按照諸生等第先後領入柵
欄內少憩俟前起點完接上聽點不先不後萬無誤點之慮即偶有
誤點者於每學點完時准補點一次每起點完時又補點一次不令
久候更無庸慮其誤點而越次爭先又每學刻印某起某學大字票
人給一張粘貼卷袋上至柵欄口聽委員查驗放進其學分在後未
點到者不令攙進如卷袋上未粘學分票者亦不令進卷袋上各有
學分為記不但委員可憑驗放進即同學亦可自相認識不至後先
攙[illegible]學分在後之人見聽點者皆在前學分亦無所用其爭先擁
擠[illegible]夫士子豈樂於擁擠哉苦不得其法耳如是立法詳盡而有不
遵[illegible]是自貽伊戚甘受擁擠之苦吾知各士子必不出此也同心守
約其各毋違特示

三路點名定式

寅初 第壹起		
東路點	松江府學	華亭奉賢婁縣三縣學
中路點	常州府學	武進縣學
西路點	安慶府學	懷甯縣學

监临安徽巡抚部院发三路点名定式

状元张謇与江南官立中等商业学堂

清朝末年，社会动荡，中国涌现出一批提倡实业救国、教育兴邦之士。清末状元张謇就是其中最具影响力的一位。面对国家内忧外患满目疮痍的动荡局面，已达科举之路顶峰的张謇，打消了走封建官僚仕途的念头，转而迈向实业救国和教育救国之路。

2012年我曾在拍场竞拍到一份江南官立中等商业学堂的修业文凭，张謇则是该学堂的监督。修业文凭是清末各级学堂教育特有的证书，用于学期末的成绩认定，民国以后改称修业证书，其性质已经发生了改变，不再应用于学年考核，而是作为学习经历的证明。

这份宣统元年（1909）颁发的江南中等商业学堂的修业文凭为四色套印，形制精美，尺幅巨大，长宽约48cm×39cm，比现今流行使用的文凭要大很多。值得一提的是，无论是清末的学堂文凭还是民国的高校毕业证书，不仅对审美有很高的要求，对文凭的尺寸也有一定的要求。一般来说，学校的等级越高、规模越大，其制作使用的文凭尺幅也就越大。因学堂所发毕业文凭必须先呈交所属官府备案核查，故对文凭的形制要求更为严格。

这份修业文凭的四周被紫色花纹围成了方形，“修业文凭”四个字各占方形的一角，文凭的方形内部底纹采用黄色鱼鳞纹，另有“修业文凭”防伪水印。正文自右向左书写，并沿用清代惯有的公文格式，“江南官立中等商业学堂为给发修业文凭事，照得……”。经查，江南官立中等商业学堂创办于光绪三十二年（1906）正月，坐落在江宁城内复成桥东，学额一百二十名，常年经费一万一千三百三十六两，设有十二门学科。自1840年中英鸦片战争后，来华贸易的外国商人日益增多，贸易逐渐由沿海城市扩散到内地。国际、国内商贸形势的巨大变化使得清政府急需一批通晓外文的商业人才，实际的需要影响了江南官立中等商业学堂的课程设置。从修业文凭上标注的科目来看，江南官立中等商业学堂的课程设置包括商业道德、商业地理、商业要项、法学、国文、算学、商品、理财、商业历史、英文、簿记、体操。其中，文凭列入的第一门学科为商业道德，是培养商业人才的“硬核”要求，很可惜“商业道德”的

江南官立中等商業學堂為

給發修業文憑事照得本學堂現屆本科第二學年第三學期考試完畢學生吳紹烈　本學期總平均分數列入中　等相應給發修業文憑須至文憑者

學科	分數	學科	分數	學科	分數
商業道德	六十分	國文	八十分	商業歷史	四十分
商業地理	四十四分	算學	六十二分	英文	七十三分
商事要項	七十九分	商品	五十五分	簿記	五十分
法學	五十五分	理財	七十分	體操	八十分

總計分數七百四十八分　平均分數六十二分四

臨時考試平均分數　六十四　分五厘

總平均分數　六十三　分五厘

本學生現年　十八　歲係安徽省盱眙縣　人

曾祖炳經　祖書城　父克傳

右給學生吳紹烈

監督張謇

堂長宗嘉祿

宣統元年十二月　日給

第貳拾叁號

江南官立中等商业学堂修业文凭（正面）

具体考核实施办法不得而知。这份文凭的获得者吴绍烈的“商业道德”分数仅得60分，确实也不高。从课程的设置和选择来看，江南官立中等商业学堂着重培养学生空间感、整体观和历史思维，以及外国语言方面的能力，并有意识地指导学生建立良好的学习和工作习惯，提升学习、工作效率。在体育方面，清末学堂教育的活动形式并不多，多以体操为主。期末成绩由平时成绩与期末各科考试平均成绩核算而成，学生吴绍烈最终的成绩为六十三分五厘。

正文文末是学生吴绍烈的身份信息和三代履历。据记载，吴绍烈现年 18 岁，安徽省盱眙县人，文凭中所列三代履历与科举时期的三代格式有所区别，只列姓名，并无出仕或存殁情况。

文凭的左侧是学堂监督张謇及堂长宗嘉禄的签名和印章，以及学堂的官印，发放年份为宣统元年十二月。监督是学堂的最高负责人，堂长在监督的领导下负责学堂的教学管理事务。

文凭的背面附录了《学部通咨学生转学章程》，对学堂学生转学进行了统一的规定。在转学的要求中提出："各项学生必实有不得已之事故、不能始终在一学堂肄业者方准转学。"在转入学校的类别中强调："学生转学应在同等同类之学堂，初等小学不得转入高等、高等小学不得转入中学、中学不得转入初级师范及中等实业学堂，余可类推。"在转学后的衔接方面规定："各项学生转学分班，以原得文凭为为定，如得有第一学期修业文凭之学生，转学后应入第二学期，以上类推。惟现在各学堂课本、教法多未齐一，应由所转入之学堂按其学级覆加考试，如与所转入之学堂

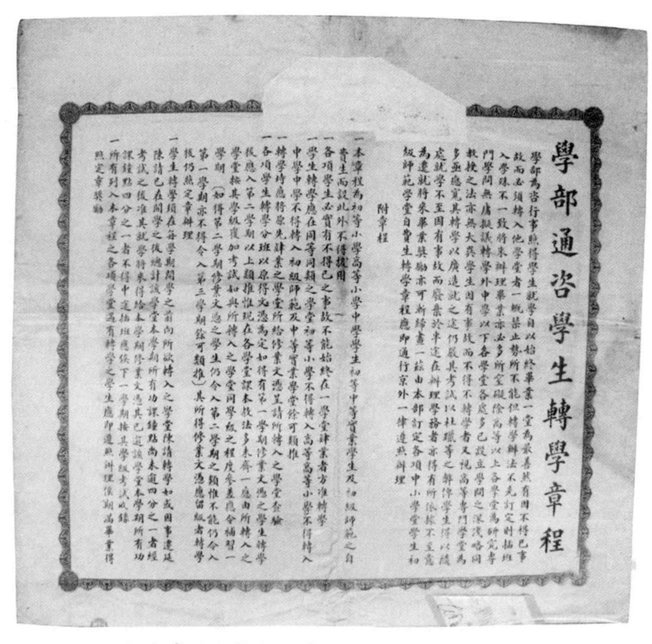

學部通咨學生轉學章程

學部為咨行事照得學生就學自以始終畢業一堂為最善然有因不得已事故而必須轉入他學堂者一概禁止勢所不能但轉學辦法不先訂定則插班入學殊不一致將來辦理畢業亦必多所窒礙除高等以上各學堂為研究專門學問無庸擬議轉學外中學以下各學堂各處多已設立學問之深淺略同教授之法亦無大異學生因有事故而不得不轉學者又視高等專門學堂為多亟應寬其轉學以廣造就之途仍嚴其考試以杜躐等之弊俾學生得以隨處就學不至因有事故而廢棄於半途在辦理學務者亦得有所依據不至毫為遷就將來畢業獎勵亦可祈歸畫一茲由本部訂定各項中小學堂學生初級師範學堂自費生轉學章程應即通行京外一律遵照辦理

附章程

一本章程為初等小學高等小學中學學生初等中等實業學生及初級師範之自費生而設此外不得援用

一各項學生必實有不得已之事故不能始終在一學堂肄業者方准轉學

一學生轉學應在同等同類之學堂初等小學不得轉入高等高等小學不得轉入中學中學不得轉入初級師範及中等實業學堂餘可類推

一轉學時應將原先肄業之學堂所給修業文憑呈請所轉入之學堂查驗

一各項學生轉學分班以原得文憑為定如得有第一學期修業文憑之學生轉學後應入第二學期以上類推惟現在各學堂課本教法多未齊一應由所轉入之學堂按其學級覆加考試如與所轉入之學堂同學級之程度參差應令補習一學期（如得第二學期修業文憑之學生仍令入第二學期之類惟不能仍令入第一學期亦不得令入第三學期餘可類推）其所得修業文憑應留級者轉學後仍照定章辦理

一學生轉學須在每學期開學之前向所欲轉入之學堂陳請轉學如或因事遷延陳請已在開學之後應計該學堂本學期所有功課鐘點尚未逾四分之一者經考試之後准其就學將來得給本學期修業文憑其已逾該學堂本學期所有功課鐘點四分之一者不得中途插班應俟下一學期按其學級考試收錄

一所有列入本章程之各項學堂遇有轉學之學生應即遵照辦理俟期滿畢業得照定章獎勵

江南官立中等商业学堂修业文凭（背面）

同学级之程度参差，应令补习一学期（如得第二学期修业文凭之学生，仍令入第二学期之类，惟不能仍令入第一学期，亦不得令入第三学期，余可类推）。”

江南官立中等商业学堂作为新式教育学堂，是当时的名校，监督由状元担任，吸引了不少求学者。著名桥梁专家茅以升幼年即就读于此。邹士方先生所著《艺术大师的流年碎影》中载有茅以升先生关于江南中等商业学堂的求学回忆："宗白华同志（堂长宗嘉禄的儿子）幼年和我在南京'江南高中两等商业学堂'同学，当时他原名宗之龙，为人忠厚淳朴，在我记忆中，留有较深印象，但当时交往无多。我在十岁（实岁）入学，十五岁离校，往唐山路矿学堂，此后即不闻其消息，直到解放后才见面。他的父亲宗嘉禄，字受予，是我的老师，也是我的父亲茅乃登的朋友。在商业学堂，宗老师教地理，我父亲教国文。当时商业学堂的领导名监督，前两任均系'状元'，第二任即宗老师。"

在张謇、宗嘉禄两位清末实业家的影响下，江南官立中等商业学堂的师生思想前卫，学堂革命思潮浓厚。据茅以升回忆："小学毕业后，宗白华先生同我都进了江南中等商业学堂（后改称江南高、中两等商业学堂），该校教员大多是思益学堂的老师，宗嘉禄先生还曾任过校长，我的父亲茅乃登在这里教过国文。这是一所进步的学校，教员都倾向于革命，在辛亥革命中该校有不少教员和学生都参加了革命军。"

江南官立中等商业学堂只是张謇实业教育的一个缩影，除此之外，他还创办了在近代很有影响力的南通医学校、南通农校、南通纺织学校（医、农、纺织三校后合并为江苏私立南通大学，今南通大学的前身）等，从“冒籍”秀才到实业状元，张謇的一生充满了传奇色彩，他为中国近代民族纺织业、工业及教育事业的崛起做出了杰出贡献。

清末留比学生照片及同学录

中国最初的留学生是与新教传教士密切相关的。1839年，为了纪念来华传教士马礼逊，澳门创办了一所马礼逊学校，由耶鲁大学毕业生勃朗及其夫人主持。入读该班的有容闳、黄宽、黄胜、李刚、周文、唐胜杰、唐杰等人。1846年冬，勃朗夫妇因身体原因欲回国疗养，欲携三五生徒同赴美国，让学生受完备之教育。据容闳回忆，当勃朗先生在课堂上宣布此消息时，“全堂学生聆其言，爽然如有所失，默不发声。其后数日间，课余之暇，聚谈及此，每为之愀然不乐。其欣欣然有喜色者，惟愿与赴美之数人耳，即黄胜、黄宽与予是也”。19世纪的中国，士子皆以科举考试出官入仕为主要“理想”，很少有学生愿意抛开科举正途而“不务正业”，因此马礼逊学校40余名学生中，只有容闳、黄宽、黄胜三人跟随勃朗夫妇去美国。

1894年中日甲午海战后，清政府意识到，长期的闭关锁国使得其与世界脱轨，派遣留学生学习国外的先进科学技术知识便成为了当务之急。1898 年,《总理衙门议覆游学日本折》尝试以公派留学的形式遴选留学生，“泰西各学自政治、律例、理财、交涉、武备、农工、商务、矿物莫不有学，日本变新之始，遣聪明学生出洋学习于泰西诸学灿然美备，中华欲游学易成必自日本始……近年以来日本讲求西学大著成效，又与中国近在同州，往来甚便，既经改国函请派往游学，臣等公同商酌即妥拟定章程，将臣衙门同文馆东文学生派往数人，并咨行南北洋大臣、两广、湖广、闽浙各督宪就现设各学堂遴选年幼、颖悟、粗通东文开具衔名咨报臣衙门，知照日本使臣陆续派往……”。

1900 年，庚子事变爆发，八国联军从天津出发进犯北京，一路烧杀抢掠，慈禧太后仓皇出逃。该事件也导致了明清时期中国大型的考场之一——“顺天贡院”被焚为平地。之后，春闱改借河南贡院举行，使得河南贡院成为科举考试的终结地。1901 年，庚子之乱平复后，清廷决定实行“新政”，以光绪皇帝名义下诏，由各督抚选派留学生出国留学，以期习得实学，委以重任。国人留学之风渐起，又以游学日本者居多。然而，留日学生在日本如“脱缰的野马”，接受“新思想”的熏染后，革命思想日益浓厚，引得清廷颇为不满。为此，清政府一方面在日本设立留学生监督，管理和约束留日学生的日常行为，另一方面，开始考虑改派留学生前往欧洲留学。据光绪二十九年上谕云："近来游学日本者尚不乏人，但泰西各国甚少。着各省督抚选择明通端正之学生，筹给经费，派往西洋各国讲求专门学问，务期成就真材，以备任使。"清政府公派留学生方向的转变，为中国学生赴欧留学铺平了道路。

木铎堂藏有一份1904年留比利时学生许熊章和程光鑫在比利时照相馆的原版照片。在绚丽的背景下，程光鑫和许熊章西装革履，文质彬彬，英姿飒爽。场景内摆设的座椅、花桌、盆景、书籍渲染了一种闲静的氛围。照片的背面是许熊章亲笔题跋，大意是公元1904年，与程光鑫君留学于比利时，摄影留念予其兄惠存。题跋的上半部分用外文书写，给人一种行文流水的感觉。下半部分则用毛笔挥洒而成，苍劲有力。

值得注意的是，此照片还揭示了一段不为人知的历史。在辛亥革命之前，湖北的革命思想就已然在各学堂传播开来。为了缓解局势压力，湖广总督端方在1903年借"培植人材"之名，从湖北各学堂中选出"刺头学生"前往德国、俄国、比利时等国家留学。他在奏文中写道："从前在欧美

1904 年留比学生许熊章与程光鑫合影（正面）

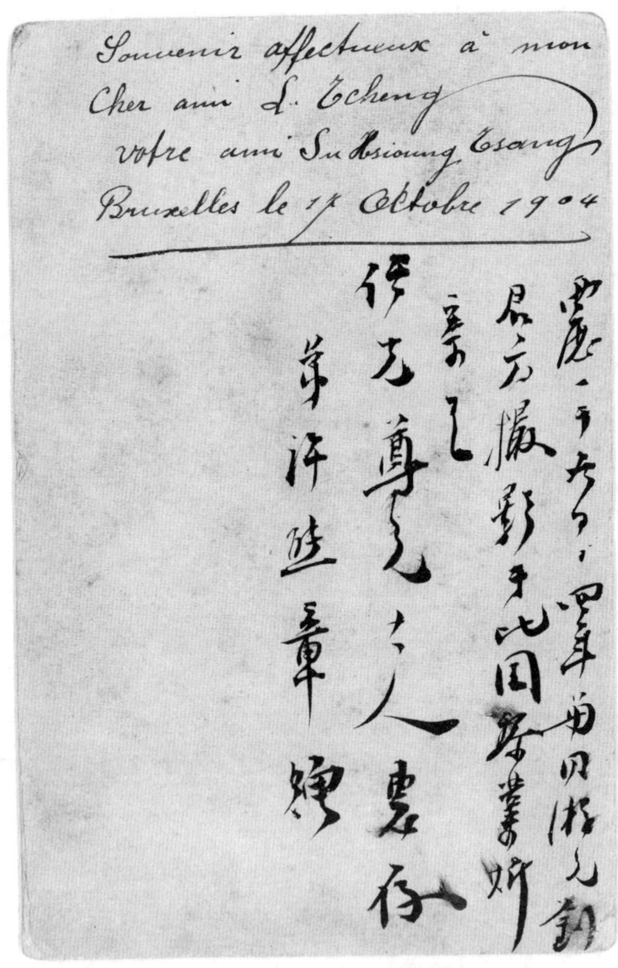

1904 年留比学生许熊章与程光鑫合影（背面）

留学之人，其得有卒业文凭者，大半学术精深，心术纯正，颇多可用之材。现在中国力行新政，所求正在此辈；若不广图造就，势必习于近便，继往无人。”其中派往比利时留学的学生有许熊章、程光鑫、李光驷、陈宽沆、黄大伟、贺子才等24名。

1905年春，筹划革命活动的孙中山与在比留学生相约在布鲁塞尔见面。程光鑫、史青、魏宸组、贺之才等留比学生将孙中山迎到同学史青的寓所。孙中山先生与众留比学生畅谈“三民主义”，谓“要实现三民主义，必须结成革命团体”，并提出“驱除鞑虏，恢复中华，创立民国，平均地权”的政纲。孙中山议决成立反清革命组织，规定“凡志愿入会者，必书写誓词，履行宣誓手续，才能成为其中一分子，与闻其中秘密”。孙中山言毕，当即决心入会的留比学生代表共8人，并与孙中山共同签印血书，他们分别是：史青（字丹池，湖北安陆）、胡秉珂（字直斋，湖北潜江）、陈宽沆（字琴舫，湖北安陆）、贺子才（字培之，湖北蒲圻）、魏宸组（字注东，湖北江夏）、潘宗瑞（字继武，湖北罗田）、程光鑫（字品立，湖北江夏）、孔庆睿（字韦虎，四川成都），此8人中有7人来自湖北，足可见湖北学生中革命思想之重。让端方不曾想到的是，派留学生计划反而促成了中国第一批同盟会员的诞生，加速了清王朝的覆灭。尽管如此，就教育领域来说，端方此举还是收获了些许成效，如照片中的许熊章在比利时毕业后回国供职于外交部，先后担任驻墨西哥、比利时领事馆的官员，成为清末民初外交的风云人物，并获北洋政府嘉奖三等嘉禾章。

就在我收藏此照片后的数年，木铎堂又收藏到一本1907年《留比华人一览》。此书为便携式小开本，由留比中国学生会编辑，巴黎中国印字局印刷，橙色封面，封面线条简约清爽。首页为比利时简图，图左下角显示在华比利时人数90人。正文分为四个部分，包括现留比华人姓、名字、籍、寓、业表，曾留比华人姓名字籍业及所易地表，比利时国内各地留比学生会事务所及各国留学会馆、驻各国使馆等地址交通信息，留比中国学生会章程。其中前两部分内容完整记载了1907年之前官费留学比利时学生的姓名、年龄、籍贯、在比寓所、就读学校等信息，所录学生信息按照姓氏笔画由少到多依次载入。除载入留学生信息外，此书还录入了中国驻比使馆官员及在比经商的华人信息，如驻比钦使浙江人杨兆鋆、驻比公使江西德化人李盛铎、留学生监督兼理驻奥公使江苏嘉定人吴宗濂、川省留学监督江苏人刘钟琳、宁省留学监督湖南人饶君等等。

从留比学生会章程可以看出，该会以联群励学、共济时艰为宗旨，各地学生满 15 人以上者可组织分会，学生会设书记二人，负责笔政，国文和外国文各一，又设有会计一人、招待二人、庶务一人。除负责联络来比同胞外，留比学生会还时刻关注着国内的情势，主动承担救国重任，例如《来比华人一览》中刊登了一条关于江北水灾的劝赈启事，“洪水为灾，同胞生绝，兔狐有感，安忍坐视。本会前议请同人量力捐助汇沪济急，一俟款齐，即当汇出。凡未署名概捐或已署名未缴款者速至本会会计处署缴，并请留住他国同人一体议捐汇申，以收裘腋之益”。

清末奖励游学政策与派遣“泰西”留学生，是中国近代教育改革的一项重要举措，在政治、教育、经济等多方面都起到了重要的作用，无论其实施前以怎样的初衷和目的，它都对中国的近代化进程带来了深远的影响。

留比華人一覽
歲丁未(西零七年)
留比中國學生會輯
巴黎中國印字局印
YENZEKI, 25, RUE DAREAU, PARIS.

《留比华人一览》(封面)

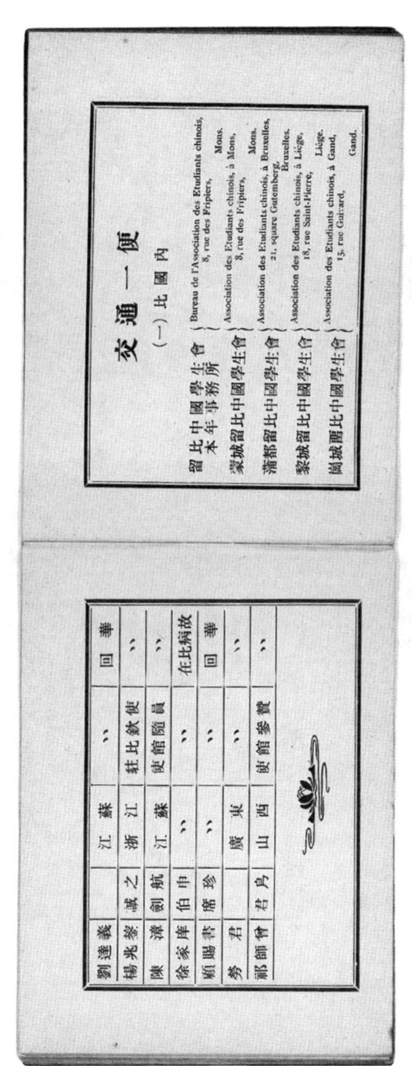

劉達義		江 蘇	〃	回 華
楊兆黎	誠之	浙 江	駐比欽使	〃
陳 漳	劍航	江 蘇	使館隨員	〃
徐家庠	伯申	〃	〃	在比病故
顧賜書	席珍	〃	〃	回 華
勞 君		廣 東	〃	〃
祁師曾	君烏	山 西	使館參贊	〃

交通一便

(一)比國內

留比中國學生會本年事務所 ｛ Bureau de l'Association des Etudiants chinois, 8, rue des Fripiers, Mons.

蒙城留比中國學生會 ｛ Association des Etudiants chinois, à Mons, 8, rue des Fripiers, Mons.

蒲都留比中國學生會 ｛ Association des Etudiants chinois, à Bruxelles, 21, square Gutemberg, Bruxelles.

黎城留比中國學生會 ｛ Association des Etudiants chinois, à Liège, 18, rue Saint-Pierre, Liège.

崗城留比中國學生會 ｛ Association des Etudiants chinois, à Gand, 15, rue Guivard, Gand.

《留比华人一览》（内文）

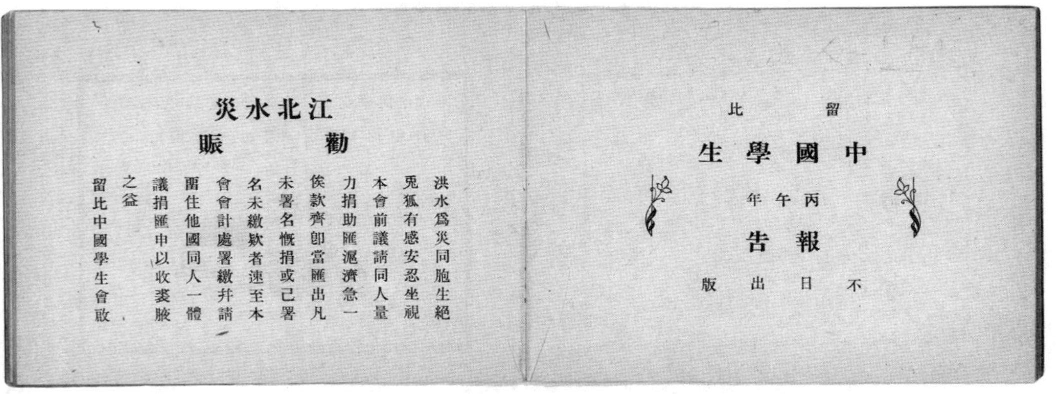

留比中國學生

丙午年

報告

不日出版

江北水災

勸賑

洪水爲災同胞生絕兎狐有感安忍坐視本會前議請同人量力捐助匯滬濟急一俟款齊即當匯出凡未署名慨捐或已署名未繳欵者速至本會會計處署繳并請畱住他國同人一體議捐匯申以收裘腋之益

留比中國學生會啟

江北水灾劝赈